はなの味ごよみ

高田在子

角川文庫
20839

目次

第一話　雪見けんちん　5
第二話　心握り　85
第三話　恋鍋《なべ》　154
第四話　冬のいちご　228

第一話　雪見けんちん

「立派な大根だねえ。今すぐ食べたくなっちゃう」

はなは引き抜いたばかりの大根に頬ずりをした。

文化《ぶんか》十四年（一八一七年）神無月《かんなづき》（旧暦の初冬）。鎌倉山《かまくらやま》ノ内《うち》村の畑では、大根の葉が青々と茂っている。

「あんた、何やってんだい。顔が泥だらけになるよ」

隣の畝《うね》で、とめが呆《あき》れた声を上げた。

「ほら、着物にもたくさん泥つけてさ」

とめに指差され、はなは胸元に目を落とした。右手で大根を持ち、左手の指で襟についた土を払い落とすが、雀茶色の着物はもともと薄汚れているので、あまり綺《き》麗《れい》にはならない。

「汚れた手で触っても駄目だよ。よけい汚くなっちまうじゃないか」

はなは手の平を見た。乾きかけた土がこびりついている。指先も汚れて、爪の間に土が入り込んでいた。

「ほんとだ。これじゃ、綺麗になるわけないね」

はなは笑って、大根を畝の上に置いた。

「まったく、あんたは——せっかく美人に生まれたのに、二十八にもなってそんなだから、今まで嫁のもらい手が見つからなかったんだよ」

とめが畝をまたいで、はなの前に来た。はなと同じく、姉さんかぶりの手拭《てぬぐ》いに、たすきがけ。裾《すそ》を端折《はしょ》った紺色の着物からは、丸々太った泥大根のような素足がむっちりと出ている。

とめは、はなの隣に住んでいる女だ。歳は四十五で、子供は四人。はなより年下の娘三人は、みんな嫁に行った。跡継ぎの栄吉《えいきち》は十七で、嫁をもらうにはまだ早い。

「はなも早く嫁に行って、あたしを安心させとくれよ。由比ヶ浜《ゆいがはま》の漁師で、嫁を探してる男がいるんだけど、あんた、どうかね」

「さあ、どうだろう」

はなは腰を落として、大根と向かい合った。大きく広がった葉をひとまとめにして、葉元をしっかりつかむ。軽く揺すってから、腰に力を入れて踏ん張り、まっすぐ引き上げると、長くて太い大根が地中から出てきた。

「おお、これも立派だ」

「ちょっと、はな、ちゃんとお聞き！　あたしはね、あんたの父さんと母さんに代わって、縁談を探してやってるんだよ」

とめは、はなの手から大根を取り上げた。

「大金持ちじゃないけど、そこそこの金は持ってる男だ。あんたが好きな白い米の飯だって、たまには食わせてくれるだろうよ。自分が漁に出ている間、しっかり子供たちを守ってくれる女なら、どんなに大食いでもちゃんと養ってくれるってさ」

「ふうん、子供がいる人なんだ」

はなは大根を取り返して、畝の上に置いた。畝の上には、抜き終わった大根がずらりと並んでいる。

「子供が三人いるくらい、いいじゃないか。母親は去年、流行《はや》り病で死んだ。あんたも子供たちの気持ちがよくわかって、うまくやれるんじゃないかね」

はなの両親も、三年前に流行り病で死んだ。二人同時に高熱を出して寝込み、あっという間に逝ってしまった。その時はなは二十五で、すでに中年増《ちゅうどしま》と呼ばれる歳になっていたが、一人ぽつんと過ごす家の中は心細かった。漁に出た父親を待つ子供たちを思うと、不憫《ふびん》だ。

「でも、やっぱり、いきなり三人の母親になる自信はないなあ」

「大丈夫だよ。なっちまえば、どうにかなるもんさ。腹を決めて、由比ヶ浜に行きな。この話を逃したら、もう縁談はないよ。器量よしでも、こんな大食い女は養っていけねえって不安がられて断られた見合い話は、いったいいくつあったかねえ」

はなは指折り数えようとして、やめた。両手の指を使っても足りない。

とめが両手ではなの肩をつかんだ。

「隣近所が助けてやれるうちはいいけどさ、やっぱり最後は身内だよ。亭主と子供がいっぺんにできるんだから、考えようによっちゃ、心強いじゃないか」

とめの手に力がこもる。両肩に食い込んだ指は、痛いくらいだ。はなはうつむいて、静かに深く息を吐いた。

とめの心配は、はなも承知している。はなが独り身のまま歳を重ねたら、いつか村で肩身の狭い思いをするんじゃないか。息子の栄吉が、隣の厄介者を背負《しょ》い込むはめになっても困る。近所のかね婆さんに、とめがこぼしているのを聞いてしまった。

「はなはいくつになっても、まだ若い娘っ子みたいな可愛い顔して、すらっとした手足のいい女だって、うんと褒めといたからさ。一度その男に会ってみようよ。あたしも一緒に行ってやるからさ。ね？」

はなは顔を上げて、にっこり笑った。

「とめさん、ありがとう。でも、遠慮しとくよ。大丈夫。迷惑かけないようにするから」

じっと目を見て笑い続けていたら、とめの手から力が抜けた。はなは畝に向き直る。

「さあ、残りの大根、抜いちまおう」

畑道の向こうから、荷車が近づいてくる。とめの夫の亀吉《かめきち》と、息子の栄吉だ。二人とも、小太りのとめと違って、さほど背は高くないがひょろんと痩《や》せている。

「おめえら、まだ終わってねえのか！　うちのかかあが、またくだらねえことしゃべくってやがったな」

とめが金切り声を上げた。

「ちょっと、何であたしだけなんだよ！」

「大根に夢中のはなを、いつもおめえが邪魔してるんじゃねえか。だいたい、おめえは、手を動かしながらしゃべることができねえ」

「そんなことないよ。しゃべりながら大根抜くのなんか、朝飯前さ」

とめは勢いよく大根を抜き始めた。亀吉が顎《あご》をしゃくる。

「はな、こっちはいいから、抜いたのを積み始めてくれ」

栄吉も畑に入ってくる。はなは畝に並べてあった大根を抱えて、荷車へ運んだ。畝の中から楽しそうな笑い声が聞こえてくる。振り向くと、親子三人並んで競い合うように大根を抜いていた。


空がうっすら赤く染まり始めて、はなたちは家路に就いた。道端では、枯れ薄《すすき》が風に揺れている。立冬を過ぎて、だいぶ冷えてきた。日暮れも早い。

「じゃあ、また明日《あした》な」

とめたちが家に入っていく。親子三人の話し声が、戸の向こうに消えていく。

はなは再び歩き出した。はなの家は一町（約一〇九メートル）先だ。

はなの腹が、ぎゅるりと鳴った。畑の湧き水で洗った手を腹に当て、はなは大根飯を思い浮かべる。

　朝炊いて、おひつに移しておいた大根飯に、醬油《しょうゆ》の汁をかけて食べようか。醬油の汁に平茸《ひらたけ》を入れれば、いい味が出る――しかし、亀吉が山で採ってきた平茸は、もらってすぐに全部食べてしまった。

　腹の減り具合を考えれば、大根飯だけでは足りそうにない。今から、何か作るか。だが作るより、まず食べたい。食べながら、作るか――。

　はなの鼻先に、ふんわりと味噌《みそ》の香りが漂ってきた。甘く、優しく、はなの腹をくすぐって、体の中でとぐろを巻いている空腹を外に引きずり出していく。

　味噌の中に混じっている、ほのかな香ばしさは何だろう。

「胡麻油《ごまあぶら》か――？」

　はなは香りに引っ張られ、足を速めた。

　誰もいないはずの我が家から、美味《うま》そうなにおいが溢《あふ》れ出ている。近所のかね婆さんが、味噌鍋《なべ》でも置いていってくれたのだろうか。かね婆さんは、たまに作った菜《さい》（おかず）などを分けてくれる。やはり隣近所は、ありがたい。

　はなは家の戸を引き開けた。

「よお、お帰り」

　見知らぬ男が板間に上がり込んでいた。尻端折《しりはしょ》りに股引《ももひき》で、囲炉裏の前に敷いた筵《むしろ》に立て膝《ひざ》をついている。

はなは戸口に立ちつくした。

町人髷《まげ》で、日に焼けた浅黒い肌。切れ長の目で、村の男たちより引きしまった顔つきをしている。歳の頃は三十か。

囲炉裏にかけた鍋から、湯気が立ち上っている。香りの正体は、これだ。何とも美味そうな味噌汁のにおい——戸口から鍋の中身は見えないが、具はいったい何だろう。はなの口の中に唾《つば》がたまってきた。

「腹は減ってねえか？　けんちん汁を作っておいたから、食べてくれ」

はなは唾を飲み込んで、首を横に振った。戸口に立てかけてあった心張り棒をつかみ、両手で男に突きつける。

「何だよ、けんちん汁だけじゃ物足りねえってか。そうは言っても、追い剝《は》ぎに遭った身で、何も持ってねえんだ。あ、待てよ——これがあったか」

男は懐から小さな紙の包みを取り出した。はなが何だろうと思っているうちに、男はすーっと目の前にやって来た。気がつけば、男の胸がはなの鼻先にある。はなは驚いて、心張り棒を落としそうになった。

男が紙の包みを差し出す。はなは思わず受け取った。

「江戸は両国薬研堀《りょうごくやげんぼり》の七色唐辛子だ。けんちん汁に入れるかい？　体が温まるぜ」

男が心張り棒をそっと、はなの手から引き抜いた。開けたままだった戸を閉めると、その脇に心張り棒を立てかける。

男は囲炉裏の前に戻ると、どっかり筵に腰を下ろした。

「おれは良太《りょうた》ってんだ。意気揚々と伊勢《いせ》参りへくり出したはいいが、帰り道で襲われてよ。藤沢《ふじさわ》から戸塚《とつか》に向かう途中の坂道で、匕首《あいくち》を持った男たちに囲まれちまった」

良太と名乗る男は鍋の中を玉杓子《たまじゃくし》でかき混ぜ、二つの椀《わん》に汁をよそった。

「その唐辛子を、ここに入れてくれ」

はなは渡された紙の包みをそっと開けた。唐辛子の粉が入っている。

恐る恐る板間へ上がり、囲炉裏に近づいた。鍋の中を覗《のぞ》くと、人参、大根、里芋、牛蒡《ごぼう》など、ごろんと乱切りにされた青物（野菜）がたっぷり煮込まれている。崩した豆腐もあった。

「鎌倉《かまくら》といえば、建長寺《けんちょうじ》が発祥と云われる、けんちん汁だろう。由緒正しき禅寺の、精進料理から生まれた汁だってな。聞きかじりで作ってみたが、なかなか上手《うま》くできたと思うぜ」

はなは首をかしげた。確かに、けんちん汁の具だ。しかし――。

「建長寺のけんちん汁は、味噌じゃなくて、醬油だよ」

良太が目を丸くする。

「本当かい？　けんちん汁ってのは、みんな味噌味だと思い込んでたぜ」

良太は床に置いた椀の中を見つめて、がっくり肩を落とした。

「でも、まあ、美味けりゃ何でもいいよな」

気落ちした様子から一転、良太は胸を張って椀を手にした。

「そもそも、人参や椎茸《しいたけ》を豆腐と一緒に油で炒《いた》めたりしたものを、けんちんって言うんだろ。けんちんの汁が味噌味でも、間違っちゃいねえやな」

良太は二つの椀をはなの前に突き出した。

「さ、入れてくれ」

はなは唐辛子の粉を少しずつ振り入れた。良太はすぐ椀に口をつける。あっという間に平らげて、良太は再び汁をよそった。

大口を開けて食べる良太を目の端に入れながら、はなもそろりと筵に座り、椀と箸《はし》を手に取った。椀に顔を寄せると、ほんのり甘い味噌と胡麻油の香りが、鼻から腹まで一気に駆け抜けた。ぎゅるるっと腹が鳴る。もう、たまらない。

はなは大根を口に入れた。嚙《か》んだとたん、大根から出た汁がじゅわりと口の中に広がる。味噌と、胡麻油と、大根の甘みが、はなの舌の上で混ざり合った。

「一晩置けば、もっと味が染みるんだが」

「いや、じゅうぶん美味いよ」

はなは汁をすすった。夢中で食べる。口と手が止まらない。次々と、お代わりをした。二人で黙々と食べ続け、あっという間に鍋が空になった。

「そうだ、大根飯もあったぜ」

良太が土間の台所に立った。竈《かまど》に置いてあった鍋の蓋《ふた》を開ける。

「こっちは醬油の汁だ。ほんの少し残ってた鰹節《かつおぶし》を入れてある。おひつの中に大根飯を見つけたんで、雑炊でも作ったらいいかと思ってな」

言いながら、良太は大根飯を鍋に入れた。慣れた手つきだ。

「あんた――良太さん、追い剝ぎに襲われたって言ってたけど、金を盗《と》られてから、こうやって人の家に上がり込んで、飯をもらってきたの？」

「金なんか、もともと、ろくに持ってなかったさ。伊勢《いせ》へは抜け参りでよ。道中の家では、薪《まき》割りや水汲《く》み、飯の支度なんかして、寝床を世話してもらってた。旅籠《はたご》では、風呂《ふろ》掃除もしたな」

「抜け参りって、家出同然に伊勢参りへ行くってやつだね」

昔、山ノ内村でも抜け参りをした連中がいたと、はなは死んだ父に聞いたことがあった。

家の者や奉公先の主人に黙って抜け出しても、無事に伊勢参りを済ませて帰れば非難されないという。金や道中手形がなくとも、伊勢参りとわかれば、行く先々で施しを受けられるのだ。

「命からがら追い剝ぎから逃げて、戸塚宿を目指すつもりが、鎌倉まで来ちまった。仲間も散り散り、どこへ行ったかわからねえ。ひと足先に、江戸へ帰り着いてくれてりゃいいんだが」

良太が座っていた筵の脇に、脱いだ脚絆《きゃはん》と手甲《てっこう》が置いてあった。

「江戸には、白い米の飯がたくさんあるんだってね。うちの飯には麦や粟《あわ》が多く混じってるから、その大根飯の雑炊も、良太さんの口には合わないかもしれないよ」

良太が雑炊を運んできた。座るなり、大口でかっ込む。鰹節のにおいが、はなの腹をつついた。

「うめえ」

良太が目を細めた。食べながら、はなに笑いかける。

「今さらだが、あんたの名を教えてくれ」

「――はな」

「いい名だな。あんたに、ぴったりだ」

はなは雑炊を飲み込んだ。どくりと熱さが胸に広がる。心ノ臓が跳ね上がったのは、雑炊が熱いせいだけなのか――椀を持つはなの手に力がこもった。

高鳴る胸に戸惑いながら、はなは鰹節が香る椀に顔を突っ込んで、雑炊を食べ続けた。良太が黙って見つめてくる。はなは動揺した。鰹節のきいた醬油《しょうゆ》汁をとくと味わおうとするが、良太の眼差《まなざ》しに気がそれる。

「な、何？　良太さんも食べなよ」

「おれは、もういい。はなは、まだ食べられるだろう？」

良太がお代わりをよそってくれた。

「本当に、いい食いっぷりだな。こんなに気持ちよく食べる女は初めてだぜ」

はなの頰が火照った。

「大食い女って、よく言われるよ。それで見合いも断られたし」

味噌《みそ》の汁も、大根飯の雑炊も、はなのほうが多く食べてしまった。良太は途中から、お代わりをしていなかったのではないか。

「やっぱり、食べ過ぎる女は嫌だよね。呆《あき》れられても仕方ないね」

「どうして。作った物を喜んで食べてくれて、おれは嬉《うれ》しかったぜ」

良太は真正面から、はなを見た。

「はなが食べている姿は綺麗《きれい》だ。背筋をぴんと伸ばして、音を立てずに汁を飲み、箸を動かす手にも迷いがない。まるで、茶道でも見ているようだった」

「そんな――茶道なんて、あたしは見たことないから、わかんないよ」

「ああ、おれも見たことねえけどな」

「もう、何よ！　褒められたと思ったのに、ありがたみが減っちゃったよ！」

良太が声を上げて笑った。はなも笑う。こんなふうに、誰かと笑い合って囲炉裏を囲むなんて、久しぶりだ。

「ごちそうさま。美味《おい》しかった」

二人分の茶碗《ちゃわん》と箸が、はなの胸をきゅっと優しくしめつける。父と母と、はなと、三人分の椀を並べて食べていた日々が懐かしい。いつの間に、はなは一人に慣れてしまったのか。

「どうした？」

良太に促され、はなは身の上を語り始めた。両親が死んで、近所の人たちに世話を焼かれながら、一人で暮らしている現状を。

「台所にあった鰹節は、ふくちゃんが分けてくれたんだ。ふくちゃんは、とめさんの二番目の娘でね、由比ヶ浜の漁師に嫁いでる。とめさんがあたしに勧めてくれた由比ヶ浜の子連れは、ふくちゃんのご亭主の仲間に違いないよ」

良太は火箸で囲炉裏の薪を引っくり返しながら聞いている。

「ふくちゃんは、しらすや鯵《あじ》を実家によく持って来るんだけど、あたしにも分けてくれるんだよ。ご亭主がたまに江戸で手に入れてくる、白い米もね」

炊き立ての白い米は最高だよと、はなは笑った。おかずがなくても、どんどん食べられる。

「食べ物の話をすると、はなは実にいい笑顔になるな」

「そうかな」

はなは頬に両手を当てた。囲炉裏の火が、いつもより熱く感じる。

「死んだ父さんと母さんが、よく言ってたよ。嬉しい時も、悲しい時も、どんな時でも笑っていろって。笑いながら不幸になるやつなんかいないってさ」

流行《はや》り病に倒れた床の中でも、両親は言っていた。

はな、泣くな。笑え。満開の花のように笑っていれば、いつか必ず幸せになれるから。今は辛《つら》くても、笑え。笑えば、きっと福がくる。

力つきて話せなくなる最期の寸前まで、両親は、はなに笑えと言った。

「そうか。はなは今まで頑張って、笑ってきたんだな」

良太が火箸《ひばし》を灰に刺した。ぐっと、はなの胸が詰まる。

「そんな大げさなもんじゃないよ。あたしは、ただ――」

良太は目を閉じて、うつらうつらと居眠りをしていた。

「ちょっと、船漕《こ》いでんじゃないよ！」

「ん？　ああ……」

良太があくびを漏らした。旅の疲れが出たのだろう。このまま寝かせてやりたくなる。しかし、板間と土間だけの小さな家だ。会ったばかりの男と並んで眠るのは、やはり受け入れがたい。

はなは戸口を指差した。

「名主さまのお屋敷に行ってみな。きっと下男部屋にでも泊めてもらえるよ。悪くても、納屋にならﾞ」

「ああ、納屋を借りるよ。すぐ隣だろ」

良太が立ち上がった。

「いや、うちの納屋じゃなくて、名主さまのところに」

「女の一人暮らしとわかりゃあ、同じ屋根の下に眠ることはできねえ。おれにだって、それくらいの分別はあるさ。勝手に上がり込んで悪かったな」

良太は戸を開けて、すたすた外へ出て行く。はなは慌ててあとを追った。

「待ってよ！　うちの納屋じゃ、駄目だって」

「大丈夫。積んであった藁《わら》の中に寝れば、寒くない。おやすみ」

良太は納屋に入ると、さっさと戸を閉めてしまった。

星明りの中に、はなは取り残される。冷たい風に首筋を撫《な》でられ、はなはぶるりと身を震わせた。

村の一番はずれから、名主の屋敷まで、歩き慣れぬ田舎の夜道を行けというのは酷か――。

はなは家に戻った。内側から心張り棒を戸にあてがう。

仕方がない。一晩だけだ。明日《あした》になれば、良太は出て行く。

朝飯くらいは良太の分も炊いてやったほうがいいかと、はなは迷いながら眠りについた。

小鳥のさえずりで、はなは目覚めた。屋根に雀が止まっているのか、頭のすぐ上でピチュピチュと鳴き声が聞こえる。

はなは寝床を出て、眠い目をこすりながら雨戸を開けた。まだ外は薄暗い。もう一度、寝床に戻りたくなる。夕べは良太が気になって、あまりよく眠れなかった。

飯の支度をしようと、はなは土間の台所に立った。米に麦や粟を混ぜて洗い、四半時《はんとき》（約三十分）ほど水に浸す。浸している間に、はなは流しの脇に積んであった大根を一本、小さな角に切った。大根飯にして、かさを増すのだ。小さく切って炊けば、握り飯にもしやすく、畑仕事に持っていける。

大根を切っていると、明り取りの窓から良太が覗《のぞ》いてきた。

「おはよう。何か手伝うことはないか？」

うらやましいほど、すっきりした顔をしている。

「おかげで、ぐっすり眠れたぜ。水汲《く》みでも何でもするから、言ってくれ」

はなは戸を開けた。

「別に、何もすることはないよ。大根飯を食べたら、あたしは畑に行くから。良太さんは江戸へ帰るんでしょう？」

「泊めてもらった礼に、飯の支度くらい手伝わせてくれよ」

良太は土間へ入ると、火吹き竹を手にして竈《かまど》の前にしゃがんだ。

「まったく良太さんは、図々《ずうずう》しいんだか、義理堅いんだか」

はなは大根の葉を刻んだ。畑で採れたばかりの、青々とした立派な葉だ。これは味噌汁《みそしる》の具にする。

水気を切った角の大根と、塩を少々釜《かま》に入れ、雑穀米と一緒に炊いた。竈の火は、良太に任せる。

「ちょっと、はな、いるかい？」

戸の向こうから、とめの大声がした。外を覗くと、とめが大股《おおまた》で歩いてくる。

「良太さん、ここ、お願いね」

はなは慌てて外へ出た。良太の姿を見られたら、何を言われるかわからない。ぴっちり戸を閉めて、とめのもとへ走った。

「昨日の縁談だけどさ、どう考えたって、やっぱり、いい話だと思うんだよ。一度あたしと由比ヶ浜へ行って、子供たちの顔を見てみないかい？　ふくに会いに行ったついでに、ちょいと寄ってみりゃいいのさ。難しく考えることはないんだよ」

とめは背中に隠すように持っていたざるを、はなの顔の前に出した。鰺の干物が三枚載っている。身が厚くて、大きい。

「ふくの家に行けば、鰺だけじゃなく、獲《と》れたての生しらすも食べられるよ。そうだ、地引き網を手伝いに行くかい？　網についたしらすを浜で踊り食いなんて、贅《ぜい》沢《たく》じゃないか」

とめはざるを手に、はなの家に向かっていく。はなは急いで回り込み、戸の前に立った。

「ねえ、とめさん、先に畑に行っててよ。あたしも、すぐ行くから」

「いいや、今日は、あんたとじっくり話そうかと思ってね。朝飯まだだろう？　この鰺を焼いてやるよ」

とめが勢いよく戸を引き開けた。そのまま戸口で動かなくなる。

「こっ――この男は誰だい⁉」

火吹き竹を持った良太が奥から出てきた。

「おっ、美味《うま》そうな干物だ。今すぐ焼くかい？」

良太がひょいとざるを引っ張った。とめは呆気《あっけ》にとられて、すんなり手を放す。

「とめさんも、大根飯を一緒に食ってくかい？」

良太は少しかがみ込んで、とめと目を合わせた。とめがあとずさる。

「なっ、何で、あたしの名を知ってんだい」

「さっき、はなが、とめさんって呼んでたじゃねえか。家の中まで声が聞こえたぜ」

良太はとめに、にこっと笑いかけた。

「今、飯を蒸らしてるからよ。ちょっとだけ待ってな」

「あ——あたしは、いらないよ。はなに鰺《あじ》を届けに来ただけなんだ」

「そうかい。じゃあ、味噌汁だけでも飲んでくかい？」

「いや、それもいらないよ。もう帰るからさ」

良太はうなずいて、竈の前に戻った。とめは戸に手をかけて、よろりとはなを振り返る。

「あんた、男がいたのかい。だから由比ヶ浜の話を断ったんだね」

はなは首と手を横に振った。

「とめさん、良太さんは江戸の人でね、抜け参りで伊勢に行ったんだよ。その帰りに、追い剝《は》ぎに遭ってさ。それで」

「いいよ、いいよ。あんたもいい歳だ。男の一人や二人いたって、おかしくはない。その良太とやらが無事に旅から帰るまでは、言えなかったんだろ。男の口約束なんて、当てにならないからねえ」

とめは戸口から首を伸ばして、台所に立つ良太の背中を眺めた。

「どこで会ったか知らないけど、いい男じゃないか。でも、名主さまに届けを出すのは、良太がこの村に腰を据えられるかどうか見極めてからにしときな。畑仕事が務まらなくて、逃げ出すかもしれないしさ」

「とめさん、違うんだよ。良太さんは」

「こればっかりは、わからないじゃないか。やっぱり、よそ者だからね。——ちょっと、あんた——良太！」

とめが竈に向かって叫んだ。

「はなを泣かせたら、承知しないよ！　約束できないなら、今すぐ、はなを由比ヶ浜に連れて行くからね！　はなを欲しがってる男は、他にもいるんだ」

良太が振り返り、はなの顔を見た。はなは口ごもる。

とめの誤解を解かねばと思うが、独り身が続くとわかれば、強引に由比ヶ浜へ連れて行かれそうだ。拒んでも、漁師のほうから、はなを見に来るかもしれない。この縁談を断るのは難しそうだ。

鎌倉の地は、海と山に囲まれている。はなが住む山ノ内村は、北鎌倉と呼ばれる山里だ。古い寺院が数多く建つ山の谷間で、はなは畑を耕して生きてきた。海の村である由比ヶ浜は、同じ鎌倉でも、暮らしぶりがまるで違うはず。はなが由比ヶ浜に嫁ぐには、まったく知らない暮らしに飛び込む覚悟が必要なのだ。

ふくは漁師に嫁いだが、惚《ほ》れて、惚れられた仲だった。はなとは違う。漁師の妻として家を守り、母親として三人の子供を育てる暮らしが、はなにできるだろうか。嵐の日には、大波が迫りくる家を飛び出して、山の村へ逃げ帰りたくなるかもしれない。

「このまま、ここで、良太さんと暮らすよ」

はなの口から、するりと嘘が出た。

頼むから話を合わせてくれと祈りながら、はなは良太をじっと見つめる。良太は神妙な顔でうなずいて、とめの前に立った。

「とめさんの心配はもっともだが、おれは畑仕事から逃げねえ。これでも、鍬《くわ》を握って汗水たらしたことがあるんだぜ」

「本当かい？　ひ弱な江戸の遊び人じゃないのかい」

とめが良太の腕を叩《たた》いた。

「あれ、本当だ。着物の中は、がっちりたくましそうだよ」

「江戸にだって田畑はあるぜ。練馬《ねりま》の大根、寺島《てらじま》の茄子《なす》、葛西《かさい》の小松菜に、内藤《ないとう》の唐辛子。渋谷《しぶや》には、でっかい麦畑もある」

「あんたも百姓だったのかい？　まさか跡継ぎじゃないだろうね」

「継ぐ家なんかねぇよ。親兄弟がいねえんで、小さい頃から、いろんなところを転々としてな」

「ふうん、意外に苦労してるんだねえ。でも、まあ、そんなら見込みはあるか」

とめは良太の腕をもう一度叩いて、片目をつぶった。

「はな、今日の畑仕事は任せときな。あんたを由比ヶ浜へ引っ張っていくつもりで、手伝いを頼んであるんだ。良太に村を案内してやるといいよ」

とめは手を振りながら帰っていった。はなは大きく息をつく。

「良太さん、すまなかったね。つまらない小芝居なんかさせちゃってさ。でも、助かったよ。これで、しばらくの間は縁談から逃げられる」

「しばらくの間って、どれくらいだ。どれくらいの間、おまえは逃げていたいんだ」

「え……」

良太は優しく目を細めて、はなを見下ろした。

「困った時は、お互いさまだ。おれにできることがあれば、やってやるよ」

良太は台所へ駆け戻り、大根飯をよそった。

「まずは腹ごしらえだ。それから、この辺りを案内してくれ。それと、親父さんの野良着があったら貸してくれねえか。よそ者だって珍しがられて、あまりじろじろ見られたくねえからな」

良太に促され、はなは大根飯を頬張った。慌てて飲み込んだので、この朝の飯は味がよくわからなかった。


死んだ父の野良着は、良太には少し小さかった。しかし良太はご満悦で、手拭《てぬぐ》いを頬かぶりして村の男になりきっている。

「この道を、右に行けば建長寺。左に行けば、すぐ東慶寺《とうけいじ》に出るよ」

はなは良太を連れて、山ノ内村から戸塚村へ向かう山間《やまあい》の道に来た。

とめの手前、あと数日は良太に泊まってもらうかもしれないが、そうそう引き留めることもできまい。帰る道だけは早く教えておこうと思った。

「建長寺をそのまま通り過ぎれば、鎌倉将軍、源頼朝《みなもとのよりとも》公が建てたっていう鶴岡八幡宮《つるがおかはちまんぐう》だな」

「うん、八幡さまの裏に出る。表へ回って、鳥居の向こうをまっすぐ行けば、すぐ由比ヶ浜だよ」

はなは木々に囲まれた道の先を見つめた。

山ノ内村から由比ヶ浜までは近い。けれど、はなの心はなかなか近づけない。ふくのような恋心がなければ、はなは身動きできないのだろうか。

穏やかな空の下、冬の冷たい風がわずかに周囲の木々を揺らした。

冬の風は、はなの心も揺らしていく。このまま山ノ内村で一生を終えるつもりでいたが、それは間違いなのだろうか。とめの言う通り、亭主と子供に囲まれた暮らしが、やはり女の幸せなのか。

「へっくしょい！」

良太のくしゃみで、はなは我に返った。物思いに沈んでいる場合ではなかった。

「東慶寺といやあ、江戸でも名の知れた縁切り寺だな。離縁したい女が駆け込む、男子禁制の尼寺だろう。江戸からも、三行半《みくだりはん》をもらえねえ女が逃げてくるって聞いたぜ」

「東慶寺は、ご公儀も認めた縁切り寺だからね。たとえ男が追って来ても、寺の中に駆け込みさえすりゃ、いっさい手出しはできないよ」

妻が離縁を求めても、夫が離縁状を書かねば、女は再婚できない決まりだ。離縁状は三行半の文で書かれるので三行半《みくだりはん》とも呼ばれるが、東慶寺へ駆け込めば、寺が女の身柄を預かり、離縁状を得るための仲立ちをしてくれる。つべこべ言わずに嫁に行って、もし亭主がろくでなしだったら、縁切り寺へ走ればいいじゃないか――村の女たちにそう言われたが、はなはうなずけなかった。寺の飯が不安だ。かて飯（野菜などを加えて量を増やした飯）でも何でもいいが、腹いっぱい食べられなければ、きっと寺での暮らしに不満がつのる。

不意に、頭上で羽ばたく音がした。山道の向こうの藪《やぶ》に、鳥が降り立つ。木の枝を引っ張って、何かをついばみ始めた。餌となる虫でも見つけたのか。

良太が鳥を凝視する。

「引っ張ってるのは蔓《つる》だな。山葡萄《やまぶどう》でも食ってるんだろう」

はなは背伸びをして、鳥が止まっている木を見た。緑色の木々を覆うように茂っている、赤い葉――あれは確かに、紅葉した山葡萄だ。多少すっぱいが、山葡萄は食べられる。

住み慣れた村に暮らしていれば、山の恵みにありつけることも多い。

「お、あれは甘野老《あまどころ》じゃねえか」

良太が山道をはずれて、脇の草むらへ入っていった。

「ほどよく枯れかけてるな」

「春の若芽なら、食べられたんだけどね」

「根だって、重宝するぜ。地面の上に出ている葉の枯れかけた頃が、採り頃だ。咳《せき》止《ど》めになるし、体の疲れも取ってくれる。女の顔のしみ取りにもいいと聞くぜ」

「そうなの？　良太さん、山菜に詳しいね」

「江戸にだって野山はあるさ。おれは、日本橋《にほんばし》みてえな賑《にぎ》やかな町で育ってねえからな」

「日本橋といえば、良太さん、東慶寺の前を通り過ぎてしばらく行けば、小袋谷《こぶくろや》に出る。戸塚は、その少し先だよ。戸塚まで行けば、あとはお江戸の日本橋まで、東海道をまっしぐらだね」

「ありがとよ。覚えておくぜ」

草むらから出て来た良太は、犬のようにぷるぷると顔を振って、頭についた枯葉を落とした。

「ま、しばらくは、はなの家で世話になるからよ。よろしく頼むぜ」

澄んだ切れ長の目が、にこにこと笑いかけてくる。

「こっちこそ、縁談のほとぼりが冷めるまで、よろしく……」

はなの夫として住まわせるなら、納屋暮らしではなく、同じ屋根の下に泊めるべきか。突然とめが訪ねてきた時に、不審がられてはいけない。良太が偽の夫だと知られたら、ぷりぷり怒りながら名主たちを引っ張り出してきて、あっという間に縁談をまとめ上げられそうだ。

今日から、良太さんも家のほうで寝たら――。

言おうとして、はなは口を開けたが、なかなか言葉が出ない。沼の上に顔を出す鯉のように、ぱくぱくと口を開け閉めするだけだ。

「あ、あの――納屋は、やっぱり――」

「気遣いは無用だぜ。俺は納屋で平気さ。伊勢参りの道中は、納屋での寝泊まりも多かったんだ。藁《わら》の寝床で上等さ」

やっと声をしぼり出したのに、からりと笑って返された。

はなは、ほーうと息を吐く。安堵《あんど》したような、残念なような……ん？　残念って、何だ？　はなは深く考える前に笑い飛ばした。

「そうかい。でも、いつでもここを出てっていいんだからね？　江戸で良太さんの帰りを待ってる人がいるんじゃないの？」

「そんなもんいねえさ。いたら、こんな話を受けたりしねえよ。おれより、はなは大丈夫なのか。おれが江戸へ帰ったあとは、どうする」

「一度でも亭主を持ったと思わせておけば、また後妻の話がきても、断りやすくなるかもしれないよ。良太さんが村を出てしばらくの間、男はもうこりごりだって顔してさ。やけ食いして、ずんぐりむっくりに太ってみようか」

「おれが悪い男になるのはいいが、はながずんぐりむっくりってのは無理だろうな。けんちん汁の食いっぷりからして、どれだけ食っても太らねえ体に違いねえ。醜女《しこめ》の大食いにはならないだろうさ」

良太は人差し指で、はなの額をぴんと弾《はじ》いた。

「いてっ」

「自分から醜女になろうだなんて、もう考えるなよ。どんな時でも、自分を落とすな」

頰かぶりの手拭いの中で、良太の目が真剣に光っていた。はなは奥歯を嚙《か》みしめる。へらりと笑おうとしたが、唇がうまく動かなかった。

良太がはなの頭をぽんぽんと軽く叩《たた》く。

「無理に笑うこともねえよ。一人ぐらい、泣いたり怒ったりできる相手がいてもいいさ。おれなら、あと腐れもねえしな」

良太は足元の小石を拾うと、草むらの向こうに投げた。遠く飛んで、太く高い木の枝葉に吸い込まれるように消えていく。

良太はいずれ、あの小石のようにいなくなる男——あと腐れなんかあるはずがない。それなのに、すぐにうなずけないのはなぜだろう。はなの胸に、もやりと薄霧が立ち込めた。

山葡萄の蔓に止まっていた鳥が飛び立つ。円覚寺《えんがくじ》の裏山に向かって羽ばたいた。

はなと良太は鳥を追うように山道を進み、東慶寺石段の前から円覚寺石段の前までぶらりと歩いた。浄智寺《じょうちじ》の脇をぐるりと回り、人目につかぬ山の脇道で、持ってきた握り飯を食べて帰った。

あっという間に良太は村に馴染《なじ》んだ。はなと一緒に畑仕事をこなして、村の男たちの力仕事にも加わっている。

とめや亀吉も、すぐに良太を受け入れた。

「良太は器用な男だな。畑仕事だけでなく、竹藪の手入れも慣れたもんだ。これなら、この村で立派にやっていける」

大根畑の隅に座り、亀吉が機嫌よく握り飯を頬張った。とめも竹筒の水を飲みながら、明るい声を上げる。

「本当にねえ。あたしも最初は、はなが江戸の男なんか引っ張り込んで、どうしたもんかと思ったけど。良太が働き者のいい男でよかったよ」

良太は頰かぶりの上から頭をかいた。

「いやあ、亀吉さんが何でもよく教えてくれるからさ」

「いや、おめえの筋がいいんだ」

「どっちでもいいけど、隣近所で仲良く助け合えるのは本当に嬉《うれ》しいじゃないか。あたしも安心したよ」

はなは握り飯をかじりながら、なごやかに笑い合う三人を眺めた。

一日が過ぎるたび、良太は村に深く入り込んでくる。どっぷり溶け込み過ぎて、はなは怖くなった。良太のいない暮らしに戻れなくなってしまいそうだ。

「あれ、かね婆さんじゃねえか。何だか様子がおかしいぞ」

良太の声に、はなは振り向いた。近所のかね婆さんが、ふらふらと畑道をやって来る。

「あんたら、うちのつるを見なかったかね」

かね婆さんは不安そうな目で周囲を見回した。

つるは、かね婆さんの家の嫁だ。歳は三十五で、かね婆さんの息子の権平《ごんぺい》との間に三人の男の子をもうけた。

亀吉が、かね婆さんの前に立つ。

「今日は見てねえけど、どうした。権平は子供たちを連れて薪拾いに行くと言ったが、つるも一緒に行ったんじゃねえのか」

かね婆さんは力なく首を横に振った。

「権平と上の二人は山へ行ったが、つるは家に残ってたんだ。一番下の三平《さんぺい》が腹を下して、三日ほど飯も食えなくてよ」

三平は、まだ六つだ。幼子の具合は急にひどくなる場合も多い。甘く見ていると最悪の事態になってしまうので、かね婆さんも気が気でない様子だ。

「葛粉《くずこ》でも持ってる家があったら分けてもらいてえって、つるは探しに行ったんだが、あんまり帰りが遅いもんで心配になって」

とめも立ち上がった。

「三平に葛湯を飲ませたかったんだね」

秋の七草で知られる葛は、葛根《かっこん》と呼ばれる根を薬として利用できる。煎《せん》じて飲めば風邪や下痢に効き、葛根から作った葛粉は使いやすくて重宝する。葛粉を湯で溶いて作る葛湯は体を温め、腹にも優しい。

「けど、持ってる家はねえだろうな」

亀吉が眉間《みけん》にしわを寄せた。

「一人で根を掘るのはしんどいし、今年はまだ時期が少し早《はえ》えかもしれん。もっと寒くならねえと、葛の根が肥えねえだろう」

鎌倉の野山にも葛は生え広がっているが、村が不作で食うに困らねば、わざわざ冬の野山に分け入って葛の根を採る者はいない。太くて長い根を苦労して掘り出し、手間をかけて葛粉を作っても、でき上がる量はわずかなのだ。

はなは子供の頃、とろりとした葛湯をもらって飲んだことがあったが、とても満腹にはならなかった。どれだけ根を採っても葛餅《くずもち》なんか作れやしねえと、村の大人たちがぼやいていたのを覚えている。

幸い、今は豊作だ。それなのに具合が悪くて飯も食えぬとは、三平は何と哀れな子だろうか。はなは三平を案じながら、残っていた握り飯を口に入れた。

「干した千振《せんぶり》なら、うちにあるからやるよ。あれも腹痛《はらいた》に効くだろ」

とめの申し出に、かね婆さんは頭《かぶり》を振る。

「千振なら、もうやったよ。けど、不味《まず》がって、みんな吐き出しちまった。無理に飲ませようとしても、暴れて駄目だったよ」

「ありゃ苦みがひでえからな」

良太は座ったまま、野良着の懐に手を入れた。奥から小さな紙の包みを取り出す。

「日干しした現証拠《げんのしょうこ》さ。多少の苦みはあるが、千振とは比べ物にならねえほど飲みやすい。これを三平に飲ませてみな」

かね婆さんは怖々と包みを受け取った。

「あたしゃ、現証拠なんて使ったことはないよ。どうやって飲ませるんだい？」

「茶碗《ちゃわん》三杯ほどの水で、現証拠の半分を煮詰めるんだ。煮た汁が半分くらいになったら、一日三回に分けて、三平に飲ませろ。それでも駄目なら、医者に診てもらったほうがいいんだが」

「医者に診せる金なんかないよ」

かね婆さんは懐に現証拠をしまうと、しわだらけの両手を合わせて深々と良太に頭を下げた。

「じゃあ、もらってくよ」

「万が一、飲んでひどくなることがあったら、すぐ報《しら》せてくれ」

「わかった。ありがとうよ」

かね婆さんは素っ飛んで帰っていった。

「あんた、ずいぶん詳しいじゃないか。いったいどこで覚えたのさ」

とめが良太の肩を叩いた。亀吉も感心しきった目で良太を見ている。

「いや、おれはそれほど詳しいってわけじゃねえが。昔世話になった爺《じい》さんで、薬草に詳しい人がいてよ。たまたま旅に出る前に会ったら、手製の薬とやらを、いろいろくれたんだ。道中で役立つかもしれねえと、懐に入るだけ持って出たのさ」

「肌身離さず、野良着の懐にまでしまい込んでんのかい」

とめが良太の懐を覗《のぞ》き込んだ。

「はながよく食うもんで、心配でな」

良太は勢いよく、はなの背中を押した。けっこうな力に、はなは座ったまま前のめりになる。じろんと見やるが、良太は澄まし顔でゆるんだ懐を直していた。

「ああ、確かに、はなはよく食うからねえ。だけど、どれだけ食べても腹を壊したことはなかったよねえ」

とめと亀吉がうなずき合う。

「そうだな。はなは昔から、冬眠前の熊に負けねえ食いっぷりだって言われてきたが、食い過ぎで腹を壊したことはなかったな」

「だから良太も、はなの腹は心配しなくていいよ」

　良太は大声で笑った。

「冬眠前の熊と張り合う女か。そりゃいいや」

　はなは頬を膨らませ、ぶすっと唇を尖《とが》らせた。

「怒るなよ。褒めてんだぜ。やっぱり女は、たくましくなくちゃ」

「おや良太、たくましい女が好きだったのかい。まあ、たくましくなきゃ、いつ帰るかわからない旅の男なんか待っていられなかっただろうしねえ」

「うちのかかあみてえに、たくまし過ぎるのも考えもんだがな」

　とめは亀吉の背中をどついた。

「ちょっと、あたしのどこがたくまし過ぎるって言うんだい！」

「間違っても、風に揺れる儚《はかな》い野の花とは言えねえだろう。ぐんぐん広がる竹の根か、崖《がけ》にしがみつく松の根か。どっちにしても、しぶてえよ」

　とめは目を吊《つ》り上げて、亀吉の襟首をつかんだ。

「まったく、ああ言えばこう言う男だよ！　いいかい、はな、くだらない男の軽口は、軽過ぎて役立たない漬物石みたいなもんだ。邪魔になるなら、捨てちまうしかないよ！」

亀吉も目を吊り上げる。

「何だと、てめえ、おれが漬物石だってのか！　いいか、良太、亭主を漬物石に喩《たと》える女なんか、腹を空《す》かせた悪食の鳶《とんび》みてえなもんだ。ひゅーっと飛んできて、人の手からでも平気で食い物を奪っていきやがる。まったく油断ならねえ」

とめと亀吉が睨《にら》み合った。大根畑で取っ組み合いが始まりそうだ。はなは二人の間に入ろうと、腰を浮かせた。

「二人とも、本当に仲がいいなあ。互いに言いたいこと言い合って、何の隠し事もねえ、風通しのいい間柄なんだな」

良太がのんびりした声を上げる。

「悪食の鳶も、二人の喧嘩《けんか》だけは食えねえだろうよ」

とめと亀吉の睨み合いが止まった。二人とも気まずげに、大根畑へ目を走らせる。

「ま、まあねえ。風通しがいいってのは、そうかもねえ。重過ぎる漬物石だって使えないしね」

「うん、まあ、腹に溜《た》め込まねえってのは、裏表がねえってことだからな。長く暮らすには、やっぱり一緒にいて楽な女じゃねえとな」

とめも亀吉も、ぽっと頬を赤くしている。気を遣うのも馬鹿らしいと、はなは立ち上がり、両手を高く伸ばした。背中と腰を伸ばして、ぐるりと両肩を回す。

「さあ、仕事に戻ろう」

はなは大根畑の真ん中で、大根を抜き始めた。


三平の腹は現証拠を飲んですぐ治ったという。翌々日の夕方、かね婆さんがさつま芋を抱えて礼に来た。

「隣村のさつま芋だ。権平が薪を分けてやった家があってよ。その礼にもらったもんだが、はなと良太も食べとくれ」

大きなさつま芋が四本。かね婆さんは板間の端にさつま芋を置くと、その横に腰を下ろした。はなも並んで座り、丸々と太ったさつま芋を撫《な》でた。

「わあ、美味《おい》しそう。でも、かね婆さんちの分は足りてるの？」

「たくさんもらってあるからね。心配せずに、お食べ。それより良太は？　夕飯時なのに、どこへ行ったんだい」

「納屋に鉈《なた》をしまいに行ったよ。今日も竹藪《たけやぶ》の手入れに駆り出されてさ。そのうち来るよ」

言い終わらぬうちに、頬かぶりをしたままの良太が家に入ってきた。

「あんたのおかげで、うちの三平が助かったよ。本当にありがとうよ」

かね婆さんは良太を拝むように両手を合わせた。

「やめてくれ。困った時はお互いさまだろう。礼なら、権平さんにも言ってもらったぜ。今日、竹藪の手入れで一緒だったんだ。権平さんは鉈を使うのが上手《うま》いな」

良太は板間の上のさつま芋に目を移した。

「わざわざ悪いな。気にしなくてよかったのに」

「何言ってんだい。お裾《すそ》分けだって、お互いさまだよ」

「そうかい。それじゃ遠慮なく。はな、よかったな。明日《あした》の朝はさつま芋飯を炊こうか」

かね婆さんは、にやりと笑ってはなを小突いた。

「あんたたち仲がいいねえ。来年の今頃には、赤子を抱いて、てんてこまいかもしれないよ。その時は、このかね婆さんが子守をしてやるからね。安心して、どっさり産みな」

かね婆さんは立ち上がると、すれ違いざまに良太も小突いて帰っていった。

「まいったな」

良太が頭の手拭《てぬぐ》いを取る。

「うん、でも……」

はなは戸口をちらりと見た。

「さっき、かね婆さんが来た時、良太はどこかって聞かれたんだ。納屋での寝起きが知られたら、あたしたちの嘘が」

「ばれちまうかもしれねえな」

良太の低い声に、はなは身を縮ませた。もう潮時だ、おれは江戸へ帰る、と言われたらどうしよう。良太がいなくなる日はいつかくると思っていたが、その覚悟なんてまったくできていなかった。

一人の暮らしは、もう嫌だ。寂しい――。はなは唇を嚙《か》みしめた。

畑から帰ると、話す相手もない板間で一人ぽつんと飯を食べる。美味《うま》い物で腹を満たせば幸せだと思っていたが、一人きりでは心までじゅうぶんに満たされていなかったのだと、はなは気づいた。良太との日々が、はなに気づかせたのだ。

良太と笑い合って食べる飯は、両親が生きていた頃とも違う温かさをはなに注ぎ込んだ。その温《ぬく》もりは、はなの体内を血とともに駆け巡り、はなの芯《しん》まで癒《いや》した。

良太といると、はなは楽になれる。無理をせず、心から笑える。良太がいなければ、きっともう幸せになれない。

はなは良太の野良着の袖《そで》をつかんだ。

「今日から、納屋じゃなくて、こっちに寝てくれないかな」

ぎゅっと指に力をこめて、震えそうになる手を止める。

「あ、ああ——じゃあ、そうするか」

良太の声がいつもよりかすれて聞こえた。

「納屋の荷物を取ってくる」

はなは袖から手を放した。良太が納屋へ駆けていく。

あれ、良太に荷物などあっただろうか——はなの頭が冷静に回り始めた頃、良太が戻ってきた。転がり込んできた時に着ていた着物と、小さな布袋を手にしている。

良太が布袋をはなに抱かせた。

「米をもらってきた。どう見ても一升（十合）はねえがな」

はなは麻紐《ひも》をほどいて布袋の中を見た。生米《なまごめ》がぎっしり入っている。良太はさらに懐から干し椎茸《しいたけ》と乾き昆布を取り出した。

「どうしたの、これ」

「このところ村のあちこちで竹藪を手入れしてるだろう。人手がない小さな寺や神社からも頼まれて、庭や竹藪の手入れをしたんだが、その礼にって分けてくれたんだ。いくつか引き受けたら、こんなになった」

「うちで全部もらっていいの？」

「おれ一人でやったから、他の者は知らねえんだ。さっき、かね婆さんにも分けるべきかと迷ったが、どの寺や神社からも、内密にって言われてよ。かね婆さんちにやったら、とめさんちにやらねえわけにはいかねえし」

「内密の礼ってわけにはいかなくなるね」

「だろう？　かね婆さんちの孫はまだ小さいのもいるし、子供が黙っていられなくて、どんどん話が広がっちまうかもしれねえ。庭と竹藪の手入れで米がもらえるなら、みんな手伝いに群がっちまう」

「どの寺や神社にも、村のみんなに渡す米はないよね」

「ああ、だから一人で鉈持って歩いてたおれに声かけたんだろうな。あとは芋蔓《いもづる》みてえに、次々と仲立ちされてよ」

はなは生米に顔を寄せた。

「檀家《だんか》さんたちにも内緒の米か……食べても、罰は当たらないよね？」

「当たらねえだろ。神や仏のお恵みに違いねえ」

はなは生米を見つめて、鼻をひくひくさせた。

「どうしよう。明日は米だけ炊いて、朝から白い飯を食べちゃおうか。いや、正月でもないのに、それは贅沢《ぜいたく》過ぎるよね。それに、白い米だけの握り飯なんか畑に持って行ったら、とめさんに見つかっちゃう。どうしたんだって言われちゃう」

はなはかがみ込んで、米の袋を抱きしめた。

「いっそ今から全部炊いて、今晩いっぺんに食べちゃおうか。そうしたら、誰にも見られないよ！」

「はな、落ち着け」

良太に首根っこをつかまれ、はなは米の袋から引き離された。

「明日の朝は、さつま芋飯と白い米の飯を、少しずつ別々に炊こう。朝は家で白い米の飯を食って、さつま芋飯は握って畑に持っていけばいい。白い米に塩だけまぶした握り飯も作っておいて、夜また食べてもいいよな。どうだ、名案じゃねえか？」

はなは大きくうなずいた。さつま芋飯と白い米の飯を両方とも味わえるなんて、明日は何ていい日だ。さつま芋にも生米にも限りはあるが、数日は楽しめる。物足りなければ、ごろんと切った大根でも茹《ゆ》でて食べればいい。

「良太さん、すごいよ！　ありがとう！」

はなは良太に飛びついた。首にしがみつき、ぴょんぴょん跳ねる。

「これだけ喜んでくれりゃ、頑張って鉈《なた》を振るった甲斐《かい》があったぜ」

幼子をなだめるように、良太がはなの背をとんとん叩《たた》いた。良太の胸に鼻をすり寄せ、男くさい肌のにおいを嗅《か》いだところで、はなは我に返った。

「ご、ごめん……はしゃぎ過ぎた」

はなは良太から離れた。良太は照れくさそうな顔で笑っている。

「おまえは本当に、食い物が好きだな」

はなは良太に背を向け、どくどくと激しく高ぶる胸を押さえた。頭に血が上って、くらりと倒れてしまいそうだ。はなは気を静めようと、深く息を吐いた。

「だって、美味《おい》しい物は人を幸せにするんだよ。これは美味い！　って物を食べながら怒り続けられる人なんて、めったにいないんじゃないかな」

「そうだな……よし！」

はなは良太に後ろから肩をつかまれた。ぐるんと体の向きを変えさせられ、良太と向かい合う。良太の熱く光る目が、はなの胸を突き刺した。

「明日は朝からいっぱい食おうぜ。白い米の飯に、さつま芋飯。焼き芋と、風呂《ふろ》吹き大根も――」

良太は勢いよく続けた。

「食って、働いて、また食って。寝て、起きて、また食って――くり返す毎日の中で、たまには少し贅沢したっていいじゃねえか。なあ？」

「じゃあ、明日《あした》は張り切って早起きしなきゃね」

はなは掻巻《かいまき》を板間に広げた。良太には、父が使っていた物を用意する。真横に並べた二組の夜具が少し気恥ずかしい。

はなは掻巻の下に潜り込むと、目だけ出して天井を見つめた。隣に横たわる良太を見ないようにするが、どうしても意識してしまう。両親が死んでから、誰かと並んで眠るのは初めてだ。

「しばらく使ってなかったから、埃《ほこり》っぽいかな。湿気《しけ》てない？」

「いや、大丈夫だ。親父さんとお袋さんが死んだあとも、大事に残してたんだな」

はなと良太の間を沈黙が流れた。

目を閉じてもまったく眠くならず、はなは困った。耳が冴《さ》え過ぎて、ほんの少し身じろぎする衣擦《きぬず》れの音さえも、やけに大きく聞こえる。

「あ、あのさ、江戸の人は白い米の飯をたくさん食べるって聞くけど、やっぱり握り飯も白いの？」

眠りにつくまでの沈黙に耐えかねて、はなは口を開いた。

「ああ。白い米の飯に梅干しを入れて、浅草海苔《あさくさのり》を巻いたりしてさ」

すぐ横で良太の声が静かに響く。

「はなは、海苔つきの白い握り飯を食ったことあるか？　生海苔を浅草紙みたいに抄《す》いて干した板海苔で、握り飯をくるりと巻くんだ。握り飯にしっとり巻きついた板海苔と、白い米の甘さと、ほんの少しの塩気が、たまらなく美味《うま》いぜ」

「浅草海苔か……食べてみたいなあ。値は張るの？」

「まあ、ちょいとな」

「それじゃ、たとえ江戸見物へ行くことがあったとしても、あたしには手が出ないかもね。他に何か、江戸で美味しい物はある？」

「そうだな。珍しいとは言えねえが、安くて気軽に食える美味い物といやあ、冬はやっぱり焼き芋だな。江戸の者も、さつま芋をよく食ってるぜ。江戸の町ごとに置かれた木戸の番小屋で、番太郎が売ってるのさ」

「ずっと前に村の誰かが、あたしたちが今さつま芋を食べられるのは、八代将軍さまのおかげさまさまだって言ってたけど、どういうことだろう」

「ああ、さつま芋はその名の通り、薩摩《さつま》藩が深く関わっていてな。琉球《りゅうきゅう》から薩摩藩へ入った南国の芋が荒地でも丈夫に育つってんで、さかのぼること三代前の、八代将軍吉宗《よしむね》公が江戸へお取り寄せになったのさ」

「それが鎌倉まで広まってきたってこと？」

「そうだ。吉宗公は、まず江戸の小石川御薬園《こいしかわおやくえん》でさつま芋が無事に育つかお試しになった。飢饉《ききん》を救う救荒作物としてじゅうぶん役立つってことがわかったんで、江戸周辺の村々にもお広めになったのさ」

「本当に、八代将軍さまのおかげさまさまだったんだね。それにしても、良太さんは物知りだね。山菜も、薬草も、よく知ってるし」

「全部、昔世話になった爺《じい》さんに教わったのさ」

良太が寝返りを打った。はなは思わず、びくりと身を硬くする。そっと顔を向けると、半身を起こした良太に見下ろされていた。

「眠れないの……？」

緊張で、はなの舌がもつれそうになった。良太は黙っている。何を考えているのか。はなの顔の近くに良太が手をついた。

「おまえは眠れるのか」

良太が不機嫌な声を出した。すねたように睨《にら》んでくる。はなは身動きできずに、まばたきだけをくり返した。

良太が倒れ込むように、はなのほうに転がってきた。搔巻の端が良太の体の下敷きになる。

近い。近過ぎる。良太の顔が、はなのすぐそばにあった。頰が触れ合う。

「このまま、帰りたくねえなぁ」

耳元で良太が唸《うな》った。首筋に顔をうずめられる。はなの頭が真っ白になった。

「か――帰らなきゃいいのに」

気がつけば、言葉がはなの口をついて出ていた。

「このまま、ずっと、ここにいたらいいのに」

はなは良太の体から、ふーっと力が抜けるのを感じた。はなの体にかかる良太の重みが増してくる。はなの肩に額をすりつけて、良太がうなずいた。

「はなと、ずっと一緒にいる。おれはもう、江戸には帰らねえ」

良太がはなの搔巻の中に潜り込んできた。寒さも一緒にすーっと入り込んでくる。はなは震えた。良太が自分の搔巻を強引に引っ張って、はなの搔巻の上に重ねた。

隙間をなくすように抱きしめられる。

はなは良太にしがみついた。重なり合った心を強く絡み合わせたい。

この夜、はなは良太と本物の夫婦になった。

とんとんと軽やかな包丁の音がする。炊き立ての白い米と、味噌汁《みそしる》、焼いたさつま芋のにおいが、はなの鼻先にほわりと漂ってくる。はなは目を開けた。

身を起こすと、隣に良太はいなかった。

「おはよう。もうすぐ飯ができるぞ」

土間に目をやると、良太が台所で忙しそうに立ち働いていた。はなは掻巻を蹴《け》って立ち上がる。

竈《かまど》の飯釜《めしがま》から白い湯気が立ち昇っている。七輪の上には味噌汁の鍋《なべ》があった。たっぷり入った大根の葉が見える。

板間の端には、ほどよく皮が焦げたさつま芋の皿と、さつま芋飯の入ったおひつが並んでいた。さつま芋飯で作った握り飯も、きちんと竹皮の上に載せられている。囲炉裏にかけられた鍋を覗《のぞ》くと、ぐつぐつ煮えたぎった湯の中で輪切りの大根が茹《ゆ》でられていた。

良太が白い米の飯と味噌汁をよそってきた。小皿に入れた醬油《しょうゆ》も運んでくる。

「この風呂吹き大根を、さっぱり柚子《ゆず》醬油で食おうと思ってな」

「うちに柚子なんかあった？」

「この前、竹藪《たけやぶ》の手入れをした寺で、いつでも好きに出入りして庭の柚子を採っていいって言われたから、朝起きてすぐひとっ走り行って来たぜ」

「朝っぱらから採りに行ったの⁉」

良太は得意げに笑って、囲炉裏の鍋から大根をよそった。

「ほら、食いな」

はなは器に顔を寄せた。

透き通った大根の淡い白さ。ほんのり色づいた煮汁を見ると、ただの水で煮たのではないとわかる。控えめな色とにおい。

はなは、ひと口汁を飲んでみた。口の中で舐《な》めるように味わう。

「昆布出汁《だし》か。ちゃんと下味もついてる」

はなは良太をまじまじと見つめた。

「いったい、いつから起きて飯の支度をしてたの。これ全部一人で――起こしてくれればよかったのに」

良太は鼻の頭をかきながら、はなの隣に座った。

「起こすのが忍びねえくらい、ぐっすり眠ってたからよ」

良太の目線が、はなの胸元にちらりと落ちた。見ると、胸元がはだけている。はなは慌てて着物を直した。裾《すそ》も整えて、居住まいを正す。

「さ、食おうぜ」

白い米の飯を山盛りによそった茶碗《ちゃわん》が、はなの前に置かれた。まだ米粒から湯気が上がっている。ほかほかの炊き立てだ。

はなは白い飯のにおいを嗅《か》いだ。甘い米のにおい。口の中に唾《つば》が溢《あふ》れてくる。はなの腹がぐぐーっと鳴った。

良太がくっくっと笑う。

「早く食わねえと、その腹の虫は鳴きやまねえぞ」

はなは炊き立ての白い米を頬張った。

「んっ！」

麦とは違う、しっとりした甘さに、はなは夢中になった。嚙《か》んで、味わって、飲み込んで――次々と口へ入れる。

「美味いか？」

はなは何度もうなずきながら、飯を食べ続けた。

「よく嚙めよ？　ほら、大根も食え。味噌汁も飲みな」

良太に勧められるまま、はなは箸《はし》を動かした。

今あたしが噛みしめているのは、きっと幸せの味だ――。

はなは背筋を伸ばして、天井を仰いだ。屋根の向こうで、神さまが雲に乗って微笑んでいるんじゃないかと思えてくる。

良太と二人で噛みしめる幸せは、はなにとって、きっと何よりの宝だ。他の誰とも味わえない良太との幸せに、はなは身を震わせて箸を握りしめた。

はなは家の中を見回した。板間と土間だけの小さな薄暗い家が、急に明るく輝いて見える。風呂《ふろ》吹き大根の鍋からほんわり上がっている白い湯気は、はなと良太の新しい門出を祝って天へ昇っていく幸せの煙に見えた。

両親が死んだ時には、こんな幸せがこの家に訪れようとは思ってもみなかった。ずっと一人で暮らして、やがて寂しく死んでいく覚悟など、もうしなくてよいのだ。はなは白い米の飯と風呂吹き大根をぺろりと平らげた。幸せで腹がはち切れそうだなんて、はなは生まれて初めて思った。

冬の寒さが増して、家の周りに霜柱が目立つようになった。

大根畑では畝に竹笹を立てて霜よけをしていたが、すべて凍って傷んでしまう前に残った大根を抜いて、土の中に並べて埋めた。土の中に寝かせておけば、もし今年雪が多くても、全滅を防げるだろう。埋めた大根が無事なら、土を掘り起こして春まで食べることができる。

「今年の冬は寒さが厳しいかもしれねえな」

良太が屋根の上で空を睨《にら》んだ。雪に備えて、傷んだ屋根の修繕をしている。雪の重みで屋根が抜け落ちれば、豪雪地でなくとも冬を越すのが大変になる。

「でも今年からは良太さんがいてくれるから、本当に心強いよ」

古い家の修繕も、男手があれば助かる。はな一人でどうにもならなければ、隣近所に頭を下げて回らねばならなかった。いつも亀吉たちが助けてくれるとはいえ、自分の家だけで済む仕事であれば頼まずに越したことはないと、はなはつくづく良太の存在をありがたく思った。

良太が屋根から降りてくる。

「修繕が必要なところは全部直しといたぜ」

「ありがとう。中へ入って、囲炉裏であったまりなよ」

「いや、村はずれの寺の修繕も頼まれてんだ。年寄りの住職が困っててよ」

「今から行くの？」

「帰りは少し遅くなるかもしれねえ。腹が減ったら、先に飯食ってな」

はなは良太の袖《そで》をつかんで引き止めた。

「良太さん一人で修繕するの？　この頃、頼まれ事が多過ぎない？　やっぱり村のみんなに手伝いを頼んだら？」

「小さな寺だから、大勢で行くこともねえんだ。おれが勝手に引き受けてるだけだから、みんなによけいな仕事を頼む必要はねえよ」

良太は笑いながら片手を挙げて、出かけて行った。小さくなっていく良太の後ろ姿を見送りながら、はなはため息をこぼした。良太の笑顔がぎこちなかった気がする……。

ここ数日、良太の表情が曇って見えた。笑っていても、どこか上の空で。はなの話を耳ではちゃんと聞いているが、心の半分がどこかへ飛んでしまっているように感じた。はなの話に相槌《あいづち》を打って、返事をしても、心がまっすぐはなに向かっていない気がした。

はなは空を見上げた。朝からどんより曇っている灰色の空から、今にも雪が降ってきそうだ。昼を過ぎて、空の色はいっそう暗くなってきた。

はなは屋根の上で空を睨んでいた良太の顔を思い返した。まるで親の仇《かたき》でも見ているような険しい目をしていた。

はなの前では笑っていても、ふと気がつけば、良太は時折一人で怖い顔をしている。良太に何かあったのか――いくら考えても、はなに思い当たる節はない。一度聞いてみたが、気のせいだと笑って、良太は話をそらした。

よそに女ができたかと疑ってみたりもしたが、良太と懇ろになりそうな女は村にいなかった。毎晩ぴったり寄り添って眠る良太からは、他の女のにおいなどいっさい感じられない。

「まさか、寺の坊主に男色の道へ引きずり込まれたんじゃ……」

ぶつぶつ呟《つぶや》いてから、はなは首を横に振った。良太が出入りしている小さな寺には、年老いた僧侶《そうりょ》しかいない。

「いくら心配だからって、あまりにも馬鹿げたことを思い浮かべるんじゃないよ！」

はなは自分の両頰を両手でぱしぱしっと叩《たた》いた。

「こんな時は、何か美味《うま》い物を食べなくちゃ」

はなは台所へ走った。

大根、麦、粟《あわ》、醬油《しょうゆ》と味噌《みそ》――家にあるのは、いつもと代わり映えしない物ばかりだ。

良太が山ノ内村に居着いて、かれこれひと月だ。江戸の食に慣れた良太は、村の飯に飽きてきただろうか。たまには、いつもと違う物を食べたいだろうか。何を用意したら、良太は喜ぶのだろう。

山ノ内村にはなくて、はなが手に入れられる物は何か、思いを巡らせる。

「海まで行ってみるか……」

鯵《あじ》としらすは、もう食べさせた。良太がまだ食べていない海の幸が、由比ヶ浜にあるかもしれない。

はなは火の始末をして、家を出た。村から海まで、半時（約一時間）はかからない。ふくに頼んで、珍しい魚があったら売ってもらおう。なけなしの金を全部持って、はなは勢いよく由比ヶ浜へ向かった。

冷たい風が吹きつける山間の道を、はなは急ぎ足で進んだ。山の木々がざぁざぁ揺れている。はなは前だけを見て、海を目指した。

道の両脇に生える木々が松に変わってきた。海が近づいている。ますます強くなる風にも潮の香りが混じってきた。

はなは冷たい両手を吐く息で温めながら、ひたすら歩き続けた。頭の中に海のごちそうを思い浮かべて、凍えそうな手足を励ます。

今まで食べたことがなくて、一生に一度は食べてみたい海の幸は……。

「初鰹《はつがつお》の刺身って、どんなだろう。舌がとろけそうに美味いのかなぁ」

誰も通らぬ閑散とした道で、はなは元気よく声を出した。

良太は初鰹を食べたことがあるだろうか。江戸にはない、鎌倉ならではの名産は何だろう。

「鎌倉――鎌倉――あっ、鎌倉海老《えび》があったか」

正月飾りにも使われる大きな海老である。長い髭《ひげ》を持ち、腰が曲がった老人のように見えるので、長寿を願って祝い事に用意される。威勢よくぴんぴんと跳ねるので、無病息災への祈りも込められる。

伊勢で獲《と》れたものを伊勢海老と言い、鎌倉で獲れたものを鎌倉海老と言うが、鎧《よろい》姿の武士に似ているので具足海老とも呼ばれる。

「あのでっかい海老を食べてみたいなあ」

良太だって、さすがに食べたことはないだろう。

はなは鎌倉海老が欲しくなった。ふくのところで何とか手に入れられないだろうか。ふくの亭主がたまたま釣ったとか、漁師仲間にもらったとか。多少新鮮でなくても、煮炊きして食べられればいい。

はなは歩きながら柏手《かしわで》を打った。

「鎌倉海老が食べられますように。鎌倉海老が食べられますように」

鎌倉には寺社が多いのだから、願いを聞き届けてくれる神仏がひょっとしたらいるかもしれない。はなは歩きながら、ぶつぶつ唱え続けた。

「神さま、仏さま、どうかあたしの腹の中に鎌倉海老を――」

はなは一心不乱にくり返しながら、前へ前へと足を動かした。声に出して祈ったほうが、神仏の耳に願いが届く気がした。

潮の香りが強くなって、海が見えてきた。

浜に上げられた小船を横目に、はなは道を右に曲がった。長谷《はせ》のほうへ道を少し進むと、ふくの家がある。

嵐にも負けそうにない頑丈な厚い木戸を叩くと、すぐにふくが出てきた。

「あら、はなちゃん、どうしたの。こっちまで来るなんて、珍しい」

「鎌倉海老はある？」

はなの口から切羽詰まった声が出た。

　ふくは一瞬丸くした目を、すぐに細める。ふっくらした顔に、ふくよかな体つき。幼い頃はおっとりしていたが、漁師に嫁いでから凜々《りり》しい貫禄《かんろく》が備わってきた。日焼けした顔も、すっかり海の女になっている。

「鎌倉海老は高値がつくからね。獲れても、みんな江戸へ売りに行っちまうよ」

　はなは着物の上から、懐に入れた巾着《きんちゃく》を握りしめた。その手の甲を、ふくが慰めるようにそっと叩く。はなより年下だが、ふくのほうがずっと世間を知っている物慣れた女に見えた。

「海老一匹が、江戸で小判になるんだ。悪いけど、隣近所へのお裾《すそ》分《わ》けにできる代物じゃないんだよ」

　はなは懐の中の巾着を、じいっと見られている気になった。ふくの目には哀れみが宿っている。あんたの有り金なんか、かき集めてもたかが知れてるよ。鎌倉海老なんて買えるわけないでしょう、と諭されている気がした。

「はなちゃんも由比ヶ浜に嫁いでくれればよかったのに。そうしたら、祝い事で鎌倉海老を食べられたかもしれないよ」

　ふくの声には、ほんの少し恨み節がこもっている。

「おっかさんが持ってった縁談、うちの亭主の口利きだったんだよ。相手も乗り気で、いい話だったのにねえ」

「ごめん……」

「あら、やだ、はなちゃんが謝る話じゃないんだよ。ただ、はなちゃんと一緒に由比ヶ浜で暮らせたら楽しいだろうって、あたしが勝手に思ってただけなんだ」

ふくは声をやわらげた。

「はなちゃんのご亭主もいい男だって、おっかさんに聞いてるよ。はなちゃん、幸せなんだね？」

はなは大きくうなずいた。

「なら、よかった。ねえ、釜茹《かまゆ》でしらすでよければ持ってってよ。これはお裾分け。お代なんかいらないからさ」

「でも」

「そっちの村の大根も、もらってるからさ」

ふくは蓋《ふた》つきの小鍋《こなべ》にしらすを入れてきた。

「おっかさんのとこにはまた持ってくから、これはご亭主と二人で食べて。空いた鍋は、おっかさんに渡しといてくれればいいよ」

はなは礼を言うと、小鍋を抱えて山ノ内村への道をとぼとぼ引き返した。行きに強く吹いていた風はやんだが、はなの心に隙間風のような悲しみが吹きつけて、体の芯《しん》まで冷やしていた。

鎌倉海老など、はなに買えるはずがなかった。由比ヶ浜に辿《たど》り着くまで、神仏に祈って、はなは鎌倉海老の夢を見ていたのだ。わかっていたつもりだが、悔しさが胸に残る。良太と出会い、贅沢《ぜいたく》を知って、はなは欲深くなってしまったのだろうか。

はなは立ち止まり、空を見上げた。灰色に波打った雲が辺り一面に広がっている。雪が降りそうで降らない、暗い空だ。見ている心まで暗くなる。

「帰ろう……」

はなは小鍋を抱えて再び歩き出した。早く帰って囲炉裏で温まりたい。良太と一緒に、もらったしらすを食べるのだ。

体が温まる汁物も何か作ろう。良太と初めて会った日の、味噌《みそ》けんちん汁がいいだろうか。

「味噌けんちん、味噌けんちん」

はなは歌うようにくり返して、頭の中を味噌けんちん汁でいっぱいにした。思い出の味噌けんちん汁を食べれば、きっと身も心も温まる。

暮れかけた山間の道を小走りで、はなは家へと急いだ。

夕闇で足元がおぼつかなくなった道を、はなは慎重に進んだ。歩き慣れた道でも、暗がりで石につまずいたら危ない。転んで小鍋を落としてしまう。村の家々からほんのわずかに漏れてくる灯《あか》りは、薄ぼんやりし過ぎてあまり頼りにならなかった。

とめの家の前を通り過ぎ、さらに一町先へ行くと、はなの家の戸口に小さな灯りが見えた。小さくても、強くはっきり瞬いている灯りだ。

「はな！　どこに行ってたんだ！」

良太が手燭《てしょく》を持って戸口に立っていた。

「辺りはどんどん暗くなるのに、いるはずのおまえがいないんで、拐《かどわ》かしにでも遭ったのかと――」

良太の顔は強張《こわば》っている。相当心配したようだ。

「ごめんなさい。ちょっと、ふくちゃんのところに……」

「由比ヶ浜に、あれから行ったのか」

「ひとっ走りすれば、日暮れまでに何とか帰れると思ったんだ」

「何で、わざわざ、そんなところに」

「今晩、海老が食べたいなぁと思って」

良太は怪訝《けげん》そうに片眉《まゆ》を吊《つ》り上げた。

「大きくて立派な海老《えび》のことだよ。良太さん、鎌倉海老を知ってる？」

「具足海老のことか。伊勢で獲《と》れれば伊勢海老、鎌倉で獲れれば鎌倉海老と言う」

「やっぱり物知りだねえ」

はなが抱えていた小鍋の蓋を、良太が片手でひょいと開けた。

「これは、しらすだよ。鎌倉海老なんか、あたしに買えるはずがないよ」

はなは家に入った。囲炉裏の火が赤々と燃えている。台所の隅に小鍋を置くと、はなは良太が温めておいてくれた板間に座り込んだ。良太も隣に腰を下ろす。

「鎌倉海老が食いたかったのか」

「そりゃあ、鎌倉に生まれ育ったからには、鎌倉と名のつく海老を一度は食べてみたいけどねえ。小海老も手に入らなかったよ。今日の我が家のごちそうは、釜茹でしらすと味噌けんちん汁だよ」

「味噌けんちん汁？」

「覚えてる？　良太さんがうちに転がり込んできた日に作ってくれたでしょ」

「ああ――忘れるもんか。今晩は冷えるから、味噌けんちん汁であったまるか」

良太が台所に立った。

「おれが作ってやるよ」

「いいよ、あたしがやるよ」

二人同時に包丁に手を伸ばし、二人同時に手を引っ込めた。

「じゃあ、一緒につくるか」

干し椎茸《しいたけ》と昆布で、良太が出汁《だし》を取った。

「へえ、良太さん、ふたつ合わせて出汁を取ってたんだね。出汁の取り方も、昔世話になった爺《じい》さんとやらに教わったの？」

「まあな。精進の出汁のひとつだって教わったぜ」

はなは感心しながら、牛蒡《ごぼう》、蓮根《れんこん》、人参、大根を切っていく。その間に良太はこんにゃくをちぎり、里芋を下茹《したゆ》でしていた。

はなが青物を切り終えると、良太は囲炉裏で鍋に胡麻油《ごまあぶら》を引いて具を炒《いた》め、水を入れて煮込んだ。出汁と里芋を入れ、頃合いを見て豆腐を崩し入れる。味噌を溶かし入れれば、でき上がりだ。

はなは、おひつに取っておいた白い米の飯に釜茹でしらすを載せ、良太が取っておいた出汁をかけて茶漬けにした。味が足りないところは醤油《しょうゆ》を少々足す。

「いただきます」

囲炉裏の前に二人並んで、箸《はし》を進める。

けんちん汁の椀《わん》に口をつけると、立ち昇る湯気がほわっとはなの両頬を包み込んだ。ごくりと飲み込んだ汁は熱く、甘じょっぱい味噌の味がくーっと喉《のど》から腹に落ちて、体の芯を温めていく。椀に振り入れた七色唐辛子も効いていた。大根や里芋を噛《か》むと、口の中でほっくり崩れていく。

しらす茶漬けを口に入れると、やわらかいしらすの薄い塩味が、椎茸と昆布の合わせ出汁とまろやかに混ざり合った。

はなはもう一度味噌けんちん汁に口をつけて、はあぁっと感嘆の息を漏らした。ふにゃりと曲がりそうになる背中を伸ばして、腰に力を入れる。

はなは姿勢を正して、しみじみと椀の中を見つめた。

「白い米の飯と、七色唐辛子は、今日で終わりだね。ありがたくいただかなくちゃ」

はなは迷いなく箸を動かして、次々と椀の中身を食べていった。お代わりも、たっぷりある。

良太はじっと囲炉裏の鍋に目を向けていた。

「どうしたの？　食べないの？」

「食うさ。食うけどよ。なくなっちまうのが惜しいな。美味《うま》い物は、いつも、あっという間になくなっちまう」

「食べ物だもの、仕方ないよ。大事に取っておいても、いつか腐っちゃう。腐らせるなんて罰当たりだよ。美味《おい》しい物は、美味しいうちに食べなくちゃ。最後の米も、七色唐辛子も、良太さんと一緒に味わえたんだから、あたしは幸せ者だよ」

「そうか……そうだな」

良太は気を取り直したように立ち上がった。板間の隅から何かを取ってきて、囲炉裏の前に置く。

それは竹筒だった。一尺（約三〇センチメートル）ほどの長さで、小さな丸い穴がいくつも開いている。

はなは首をかしげた。

「竹灯籠《とうろう》さ。見たことないか？」

はなは首を横に振った。

良太は懐から蠟燭《ろうそく》を取り出し、囲炉裏から火を取った。火をつけた蠟燭を竹筒の中に入れて、暗い土間の隅に持っていく。

「うわぁ……！」

家の隅の暗がりに光の花が咲いた。竹筒の小さな穴から漏れる蠟燭の火明りが、いくつもの花の形となって浮かび上がっている。小さな穴のひとつひとつが花びらになっていた。

「こんなの初めてだよ！」

はなは光の花に目を凝らした。竹筒の中でゆらめく炎が、かすかに花を瞬かせている。光の花が喜びに身を震わせているように見えた。

竹灯籠から溢《あふ》れる光は土間にも落ちて、辺りを淡く照らしている。

「これ、良太さんが作ったの？」

「竹藪《たけやぶ》の手入れをした時に、ちょいと思いついてな」

「蠟燭はどうしたの」

「寺の修繕をして、もらったのさ」

はなは土間に下りてしゃがみ、竹灯籠を近くで眺めた。花を形作るいくつもの小さな穴に、良太の真心が込められている気がした。

はなは戸口に立ち、心張り棒を外した。そっと戸を引き、外を窺《うかが》う。

真っ暗な夜闇がどこまでも広がっていた。星も、月も、風もない。

はなは大きく戸を引き開けた。

「待て、何をする気だ」

囲炉裏の向こうで良太が立ち上がった。はなは答えず、竹灯籠をそっと持ち上げ、外に運び出した。戸口から少し離れた土の上に置く。

はなは家の中に小走りで戻って、竹灯籠を振り向いた。

「ほら、家の中より、ずっと綺麗《きれい》。やっぱり花は野に咲かなくちゃね」

はなは囲炉裏の前に座り直すと、良太の袖《そで》を引っ張った。

「竹灯籠を見ながら食べよう」

良太は唖然《あぜん》とした顔で、戸の外を見つめた。

「死んだ父さんと母さんにも、綺麗な竹灯籠を見せてやりたいんだ。暗い夜空の向こうでも、きっと見えるからさ」

良太は腰を下ろして、味噌《みそ》けんちん汁をよそい直した。

「さっさと食うぞ。いつまでも戸を開けていると、寒いからな」

二人で竹灯籠を眺めながら、黙々と食べた。

そのうちに、ひらりひらりと白い粒が竹灯籠の周りに舞い降りてきた。

「雪だ」

ひらり、ひらりひら。次から次へと軽やかに降ってくる。

しばし小雪に見惚《みと》れてから、はなは椀の中身を平らげた。

「良太さん、雪見けんちんだね」

ふと横を見ると、良太がはなを見つめて微笑んでいた。その目があまりにも切なげで、はなの胸がきゅーっと痛くなった。心ノ臓が悲鳴を上げそうだ。はなは胸を押さえた。幸せ過ぎて苦しいなんて——。

雪見の夜は更けて、椀も鍋《なべ》も空っぽになった。竹灯籠を家の中に入れ、戸を閉めて、寝支度をする。

「明日《あした》になったら、雪が積もってるかなあ」

「積もらねえよ。たいした降りじゃねえさ」

「お天道さまはわからないよ。辺り一面に雪が積もったら、足跡つけて歩きたいな」

「そんなに降ったら、畑まで行くのも大変だぜ」

はなと良太は抱き合って眠りについた。枕元に置いた竹灯籠は、灯を消してもなお、二人の行く末を照らしてくれているようだった。

はなが目を覚ますと、隣に良太はいなかった。

「良太さん？」

呼んでも返事はない。

夜は明けたが、まだ日の昇らぬ早朝だ。家のどこにも良太の姿が見えないのはおかしい。納屋にもいなかった。

しばらく待ったが、良太は姿を現さない。畑にも走ってみたが、いなかった。畑から家に戻っても、やはり良太はいない。雪が積もれば足跡が残っていたかもしれないが、良太の言った通り、雪は積もらなかった。

はなは台所に立った。夕べ片づけた時のままで、いじった跡はない。飯の支度をしようかと迷ったが、良太が心配で落ち着かず、けっきょく何もできないまま、ただ家の中をうろうろしていた。

またどこかの寺へ行って、屋根の修繕でもしているんだろうか。しかし、何も言わずに出かけていくのはおかしい。

良太に何かあったのか――。

はなは一歩外へ出た。村中の寺を回って捜し歩こうか。だが、留守にしている間にすれ違っても困ると思い直して、また一歩家の中に戻る。

ざっざと足音がした。はなは振り返る。髭面《ひげづら》の見知らぬ男がまっすぐに向かってきた。村の者ではない。尻端折《しりはしょ》りで剥《む》き出した足も、顔も、黒く日焼けしていた。

男は両手に抱えていた木桶《きおけ》を戸口に置いた。

「あんたが、はなかい。由比ヶ浜から届けもんだよ」

男が桶の蓋《ふた》を開けると、大きな海老《えび》が中でもぞもぞと動いていた。

「由比ヶ浜って——ふくちゃん？」

「さあ、知らねえけど、旅姿の男だったぜ。夜明け前、いきなり漁師小屋にやって来て、金は弾むから山ノ内村まで鎌倉海老を届けてくれって頼まれてよ」

はなは、はっと板間の隅に置いてある葛籠《つづら》目がけて走った。

葛籠の蓋を開けて、愕然《がくぜん》とする。良太が転がり込んできた時に着ていた着物を入れてあったのだが、なくなっていた。代わりに、良太がいつも着ていた野良着がきちんと畳んでしまわれてある。

「おい、手紙も預かってるぜ」

男が懐から手紙を出す。はなは奪い取るように受け取った。はなが手紙を開いている間に、男は立ち去る。はなは礼を言うのも忘れ、手紙に食い入った。

「もう一緒に暮らせない。おれのことは忘れて、誰かいい男を見つけてくれ。幸せになれ。良太。……何よ、これ」

手紙を持つはなの両手がぶるぶると震えた。何度読み返しても、意味がわからない。良太は突然、何を言い出したのか。

「はな！　あんた、いつまでも畑に来ないで何やってんだい！　良太はどうした」

とめが大声を上げながら大股《おおまた》でやって来る。

はなは我に返って辺りを見回した。日は高く昇り、濃く澄んだ穏やかな青空が広がっている。

「はな？　いったい、どうしちまったんだい。手に持っているのは何だい」

とめが手紙に気づいた。はなは説明する気力もなく、とめに手紙を渡す。

「あたしに読める字かい？」

とめは手紙を一瞥《いちべつ》して、顔をしかめた。

「何て書いてあるのかわからないよ。あんたは読めたんだろ？　どこの誰が、何て言ってきたんだい」

はなは重い口を開いた。

「良太さんが、別れるって」

「えっ――？」

とめは、ぽかんと口を開けた。

「あたしにも、何が何だかわからないよ。今朝起きたら、良太さんはいなくて、海老と手紙が届けられて」

桶の中で鎌倉海老が動き回っている。時折かさこそと桶を引っかく音が上がった。

とめはうろたえた顔で、はなと海老と手紙を何度も見やった。

「読み間違いじゃないのかい」

はなは首を横に振る。とめは口をひん曲げて腕組みをしていたが、しばらくして畑に戻っていった。

「あんた、今日は家で休んでな。そんなひどい顔して、倒れちまっても困るしさ。ひょっとして、良太が戻って来るかもしれないし」

とめが去り際に振り返って、はなの顔を指差した。

はなは両手を頬に当てる。どんな顔をしているのか、自分ではわからない。

のろのろと板間へ上がり、はなは一日中ずっと囲炉裏の前で過ごした。囲炉裏の火をぼんやり見ているだけで、何もできない。飯を食べることも忘れていた。

夕方になって、畑仕事を終えたとめと亀吉がやって来た。良太の姿がないことを確かめた二人は、そろって肩を落とす。

亀吉も字が読めるので、良太からの手紙に何度も目を通した。

「おめえたち、夕べ、ひでえ喧嘩《けんか》をしたわけじゃねえんだな？」

「良太におかしな素振りはなかったんだね？　あんたの大食いに、やっぱり嫌気が差したとかさ」

　はなは力なく首を横に振った。楽しい雪見けんちんの翌日に、こんな仕打ちが待っていようとは夢にも思わなかった。

　はなは、すがるような気持ちで竹灯籠《とうろう》を見た。夕べの優しい光の花は、夢や幻ではなかったのに。良太の心には嘘が根づいていたのか。

　とめと亀吉は盛大なため息をついた。

「これはやっぱり……捨てられちまったんだろうねえ。はな、良太はあきらめて、次の男に行きな。今度こそ、子連れだろうが何だろうが、さっさと嫁ぐんだよ」

「おめえ、そんな言い方はねえだろうが」

「だって、良太は戻って来ないんだろう？」

「けどよ、幸せになれって、手紙に書いてあるぜ。何か事情があったんじゃ」

「あったら話していくだろうさ。まったく、女だと思って馬鹿にしやがって。だから、あたしが言った通り、はなは最初から由比ヶ浜に嫁いでりゃよかったんだよ」

　はなは黙ってうなだれた。何も聞きたくない。

「まあ、今日のところは帰ろうや。はな、一晩ぐっすり眠って、明日また考えよう」

亀吉がとめを引っ張って、帰って行った。

戸が閉められたとたん、はなは板間に突っ伏す。握り固めた拳《こぶし》を床に叩《たた》きつけた。

「良太さん、どうして！」

はなは何度も激しく床を叩いた。両手が痛んでも、歯を食い縛って叩き続けた。涙がぼろぼろ流れ出てくる。うあぁと声を上げ、はなは獣のように泣き叫んだ。信じていたのに。二人の幸せは、ずっと続くと信じていたのに。紙切れ一枚で、突然終わるものなのか。

かさかさと弱々しい物音が戸口から聞こえた。はなは立ち上がり、置きっ放しだった木桶の蓋を開けた。大きな鎌倉海老がひくりと髭《ひげ》を動かしている。はなは一瞬、海老を蹴《け》り飛ばしてやりたい衝動に駆られた。

海老をじっと見ていたら腹が減ってきた。もう夜だ。朝から何も食べていないことを思い出し、はなは七輪に火をつけた。鎌倉海老を生きたまま七輪の上で丸焼きにする。

こんなふうに一人で食べるため、神仏に鎌倉海老を祈ったわけではなかったのに

——鎌倉海老なんか欲しがるのではなかったと思いながら、はなは網の上で焼かれて動かなくなっていく海老を見ていた。

鮮やかな緋色《ひいろ》に焼き上がった鎌倉海老を、はなは両手でつかんだ。熱さをこらえて海老の頭をねじ切り、殻から取り出した身に軽く塩をつける。

はなは鎌倉海老の厚い身にかぶりついた。ぷりぷりした歯応《はごた》えと甘みが、はなの口の中を駆け巡る。

「うっ、ううっ——」

涙が出た。こんなにつらいのに、鎌倉海老を美味《うま》いと感じる。はなは海老を嚙《か》みながら泣いた。どんなつもりで良太が鎌倉海老を寄越《よこ》したのか知らないが、海老に罪はない。捨てなくてよかった。

しかし、少々しょっぱい。塩をつけ過ぎたか。ほんの少しのつもりだったが、もっと加減すればよかった——と思いながら海老を飲み込んで、はなは苦笑いした。

目から流れ出た涙が、頰を伝って唇に落ちている。かぶりついた海老と一緒に、はなは自分の涙も口の中に入れていたのだ。口の中に残る塩の味は、海老と涙が混ざり合ったものだった。

新たな涙がはなの唇に落ちる。はなは唇をぐいっと手で拭《ぬぐ》った。

「ちくしょう」

負けてたまるか。

はなは鎌倉海老《えび》の頭と殻で出汁《だし》を取り、味噌汁《みそしる》を作った。

泣くな、笑え。はなは胸の中でくり返した。泣きながら食べちゃ駄目だ。美味い物を涙の味に変えるな。美味い物は、笑って、楽しく食べなくちゃ。

はなは背筋を伸ばして、海老の香りと味が詰まった味噌汁を飲み干した。海老の旨《うま》みと活力をあますところなく腹に入れ、毅然《きぜん》と前を睨《にら》む。

はなは立ち上がった。

「江戸へ行こう」

天井を仰いで宣言する。江戸へ行って、良太を捜し、必ず見つけ出すのだ。そして、なぜ二人で噛みしめた幸せを突然壊したのか、問い詰める。

良太は本当に勝手な男だ。突然現れて、突然消えた。そんな男に惚《ほ》れてしまったのだから、めそめそ泣き寝入りなんかしていられない。こっちも勝手に追いかけてやる。

もし良太が心底からはなを嫌って捨てたとわかったら、その時は、潔く忘れてやる。何が真実かを知らねば、はなは忘れることなどできない。次になんか進めない。

良太の口からどんな真実が飛び出しても、美味《おい》しい物を食べれば大丈夫だと、はなは自分に言い聞かせながら、良太からの手紙と竹灯籠を風呂敷《ふろしき》に包んだ。着の身着のまま、旅支度など何もないが、お守り代わりに竹灯籠だけは持っていこう。目が冴《さ》えて眠れぬまま夜明けを待ち、はなは風呂敷包みを背負って家を出た。とめの家に寄り、江戸へ行くから留守を頼むと頭を下げて、ふくに借りた小鍋《こなべ》も託す。

とめと亀吉はしばらく絶句していたが、やがてあきらめた顔でうなずいた。

「ちょっと待ちな。道中で雨が降るといけないよ。体を冷やしても駄目だしね」

とめが蓑《みの》を持ってきて、はなの体にかぶせた。亀吉が眉《まゆ》をひそめる。

「おい、その恰好《かっこう》で江戸へ行くのか。今日はいい天気になりそうだぜ」

「何言ってんだい、おまえさん。本気で惚れた男を追いかけるのに、なり振り構っていられるかい。暑けりゃ、途中で脱げばいいのさ。着ている物は脱げるけど、ない物は着れないんだからね」

「んなこたぁわかってるよ」

「いいかい、はな、行くからには必ず良太を捕まえて、とっちめてきな。あとのことは、こっちで適当にやっとくから、心配いらないよ」

はなは二人に深々と頭を下げ、村を出た。冬晴れの中、山間の道を進む。

東慶寺の前を通り過ぎる時、はなは立ち止まって石段を見上げた。縁切り寺へ駆け込む女たちが上る階段だ。江戸からも大勢の女たちが逃げてきたという石段の細道には、いったいどれだけの汗や涙がしみ込んでいるのか。

はなは前へ顔を向けた。東慶寺を離れ、まずは戸塚を目指す。

あたしは良太さんとの縁を切りたくない。切れかかった縁を繋《つな》ぎに、江戸へ行くんだ――。

いつか良太に教えた江戸へ続く道を、はなは一人で歩き始めた。

第二話　心握り

「どいた、どいたぁ！」

威勢のいい声に、はなは振り返った。

「御用」と書かれた高張提灯《たかはりぢょうちん》を持った男が勢いよく駆けてくる。そのあとを、担ぎ棒を肩に載せて小葛籠《こつづら》を運ぶ男が駆けてくる。公儀が公用で使う継飛脚だ。各宿場に詰めている人足が、二人一組で昼夜を問わず走り、書状などを運び継ぐ。

はなは飛脚にぶつからぬよう、道の端に寄った。

むしゃっと背中で音がする。振り向くと、馬の顔がすぐ近くにあった。はなが着ている蓑を噛んでいる。

「うぎゃーっ」

はなは叫んだ。馬が驚いて嘶《いなな》き、前足を振り上げた。後ろ足二本で立った馬はとても大きく、前足を振り下ろしたら道の反対端まで弾《はじ》き飛ばされそうだった。

「ひいっ」

はなは横に跳んで、馬との間を開けた。

「危ねえだろうっ。いきなり大声出すんじゃねえ！　どけっ」

馬子が馬の口縄を引きながら怒った。はなは追い立てられ、急いで吉田《よしだ》大橋を渡った。

ここは東海道の戸塚宿。鎌倉からは、およそ三里（約一二キロメートル）の場所である。吉田大橋は、戸塚の柏尾《かしお》川にかかる橋だ。吉田大橋の辺りがちょうど、東海道と鎌倉道《かまくらみち》の分かれ目に当たる。

街道には多くの人や馬が行き交っていた。また馬に食われては困るので、はなは蓑を脱いで小脇に抱えた。日は高く昇り、風もない。蓑を脱いでも寒くはなかった。

はなは険しい権太坂《ごんたざか》を越え、保土ヶ谷《ほどがや》宿、神奈川宿と進み、川崎《かわさき》宿を通り過ぎて六郷《ろくごう》川の渡し船に乗った。

「川崎で米饅頭《よねまんじゅう》は食ったか？」

「ああ、鶴見《つるみ》川の近くで食べたよ。美味かったなあ」

同じ船に乗り合わせた男たちの話が、はなの耳に入ってくる。

通りかかった店先で売られていた米饅頭を、はなも食べたかったのだが、六郷川で渡し賃を払う他は決して金を使わぬと固く決め、唾《つば》を飲んで我慢していた。良太を捜し出すまで、できる限り持ち金は残しておいたほうがいい。この先どこで何が入り用になるのか、はなには見当もつかなかった。

はなは川の水面《みなも》に目を向けた。夕日が淡い茜色《あかねいろ》の光を落として、船が生み出す小波《さざなみ》をきらめかせている。

「品川宿《しながわ》へ着く前に暗くなっちまうなあ。提灯下げて鈴ヶ森《すずがもり》とは、嫌なもんだぜ」

「街道沿いに刑場を作られちゃ、避けて通れねえもんな。見せしめには打ってつけの場所さ。獄門台に晒《さら》し首、あるかなあ。あるだろうなあ」

「だが、鈴ヶ森のすぐ先で馴染《なじ》みの女郎が待ってるとなりゃあ、行くしかねえ」

男たちはぐへへっと下卑た笑い声を上げた。

「そこの姉さん、あんたはどこまで行くんだい。女一人で夜道は危ない。おれたちと一緒に旅籠《はたご》まで行くかい？」

「いえ、けっこうです。川を越えてすぐの村に身内がいるんです」

はなの口から、とっさに嘘が出た。悪人だと決めつけるつもりもないが、見ず知らずの男たちにくっついて夜道を歩く気にはなれない。

川を渡ると、すぐ日が暮れた。はなは船着き場の近くで身内の迎えを待つふりをしながら、品川宿へ向かう男たちの姿が見えなくなるまで足踏みをしていた。

街道に人影が見えなくなってから、はなはやっと歩き出したが、のしかかるように迫ってきた夜闇にすぐ足を止めた。星明りを頼りにしても、見知らぬ道を進むのは怖い。

辺りに目を凝らすと、一軒の小さな堂が見えた。はなは軒下で夜を明かそうと、堂の裏に回った。今のところ夜道を来る者は誰もいないが、念のため人目を避けたい。女一人で夜を明かすのは、やはり心細かった。

堂の軒下に膝《ひざ》を抱えて座り込むと、はなは蓑にくるまった。さすがに夜は冷える。じっとしていると、ますます寒さが募った。

はなの腹がぎゅるぎゅると鳴り出す。昨日の夜に鎌倉海老を食べてから、ほとんど飲まず食わずで歩いてきた。良太を追いかけることばかり考えて、道中では腹も減らなかったのだ。それが今になって急に、何か食べたくなってきた。

はなは腹を鳴らしながら、堂の軒下から星空を仰いだ。白く光る夜空の星に、炊き立ての白い米の輝きが重なって見えてくる。

江戸から駆け込み寺を目指す女たちは夜を越えてひた走るというのに、はなは空腹を抱えてうずくまるだけだ。はなとて女の端くれ、行く手を阻む闇など物ともせずに行けるはずなのに――。

星の瞬きが、はなをせせら笑っているように見えた。はなは背中を丸め、蓑に顔をうずめる。今は目を閉じて、じっと朝を待つしかない。

やがて空が白んできて、はなは街道へ戻った。品川宿を通り過ぎ、まっしぐらに日本橋を目指す。

がやがやした町の喧騒《けんそう》に包まれながら、はなは太鼓橋に見入った。

駆けていく棒手振《ぼてふり》。悠然と歩く二本差しの武士。せかせか急ぐ羽織姿の町人。供を連れた武家娘。花籠《はなかご》を背負った花売り娘。野良犬までもがみな一斉に、ひとつの橋を渡っている。

ここがお江戸の日本橋――。

ありとあらゆる身なりの人々が一堂に会しているのではないかと思いながら、はなは太鼓橋に足を踏み出した。橋の端を歩きながら、はなは辺りを見回す。

川沿いにずらりと並ぶ白壁の蔵。見える櫓《やぐら》は千代田《ちよだ》のお城か。遠くには富士の山も見える。橋の下に目をやれば、何艘《そう》もの川船が水面《みなも》を滑るように進んでいた。

はなは欄干につかまる。雑踏に気おされたのか、急に立ちくらみがした。

「あーら、姉さん、大丈夫？　具合でも悪いのかい？」

声をかけられ振り向くと、黒塗笠《がさ》をかぶった女がいた。顔には白粉《おしろい》、唇には鮮やかな紅を塗っている。だが明らかに、うっすら髭《ひげ》が生えていた。黒紋付の着物からちらりと覗《のぞ》く赤襦袢《じゅばん》が艶《なま》めかしいが、首にはくっきり喉仏《のどぼとけ》がある。

「何だ、どうした、揉《も》め事かい？」

新たな声に首を巡らせば、頭の先から爪先《つまさき》まで真っ赤な衣装をまとった男がはなの顔を覗き込んできた。ぶうんと何かが頭に当たりそうになり、慌ててよければ、赤い着物の男が担いでいた六尺（約一八〇センチメートル）ほどもある張子の唐辛子だった。

黒紋付の男女《おとこおんな》と、赤ずくめの男が、はなを囲い込むように立つ。

「何だい、姉さん、心配して声をかけてやったのに、変な目で見るんじゃないよ。あんた、お万《まん》が飴《あめ》売りを知らないのかい？　そこらの女より綺麗《きれい》でも、あたしゃ、れっきとした男だよ」

「ひょっとして、姉さん、唐辛子売りも知らねえのかい。こんないい天気に蓑《みの》なんか着て、どこの田舎者だよ」

詰め寄られて、はなは思わず逃げた。だが身をひるがえしてすぐに、くらっと大きく目が回る。体が大きく傾いた。

「あーっ、危ない！」

お万が飴売りの金切り声を聞きながら、はなは橋の上に倒れ込んだ。


目を開けると、はなは束髪《そくはつ》の老人に間近で見下ろされていた。慌てて身を起こすと、薄い布団の上だった。枕元には蓑と風呂敷《ふろしき》包みと草履が置かれてある。

「ここは……？」

簡素な板張りの部屋だ。どくだみを煎《せん》じたような薬草のにおいが漂っている。

「小石川養生所の女部屋じゃよ。わしは本道（内科）の医師じゃ。おまえさん、日本橋で倒れたのを覚えておるか？」

「はい。太鼓橋の上で……」

はなは襟の乱れを直しながら、ふと懐の奥に手を入れた。どきりと肝が冷える。懐に入れてあったはずの巾着《きんちゃく》がない。

「あたしの金！　巾着は⁉」

「わしが診た時にはすでになかったぞ」

はなは枕元の風呂敷包みをほどいた。竹灯籠《とうろう》と、その中に入れた良太からの手紙はちゃんとある。

「いったい誰が金を――お万が飴売りと唐辛子売りはどこですか⁉」

「知らんな。おまえさんをここに運び込んだ者は、急ぎの用があるとかで、身元を確かめる間もなく去ってしまったらしい。――で、おまえさんの身元は？」

はなは問われるままに、身元や事情を話した。老医師は渋面で腕組みをしながら聞いている。

「大事はないと見立てておったが、何とまあ――疲労と空腹で倒れるとはのう」

老医師は呆《あき》れ顔で立ち上がった。

「賄方《まかない》に昼飯を頼んでおくゆえ、食べて少し休んだら、鎌倉の村へ帰るのじゃ。江戸で男を捜しても、まず見つからぬぞ」

はなは頭《かぶり》を振った。

「嫌です！　あたし、帰りません。何としてでも良太さんを――夫を見つけ出します！」

「おまえさんは騙《だま》されておったのじゃ。あきらめよ。聞き分けぬのなら、町方に力ずくで村へ送り返してもらうぞ。病ではない者を養生所に置くわけにはゆかぬのじゃ。入所するには、役人の吟味も受けねばならぬしな」

「そんな――」

はなの腹がぎゅぎゅぎゅーっと鳴った。老医師は失笑する。

「それだけ腹が元気であれば、心配あるまい。好きなだけ食べたら、早《はよ》う帰れよ」

「嫌です。あたしは江戸で夫を」

言いかけたはなの声を、廊下から聞こえてきた慌ただしい足音がかき消した。若い男が女部屋に駆け込んでくる。

「先生、大変です！　近くの普請場で材木が倒れ、下敷きになった大工たちが運ばれて来ました。外科の先生方が診ておられますが、怪我人が多くて手が足りません」

「わかった。わしもすぐ行く」

老医師はじろりと厳しい目をはなに向けた。

「見ての通り、養生所は忙しい。金を取り戻したくば、無理と思うが、岡っ引きを頼ってみよ。とにかく、食べたらすぐにここを出るのじゃ」

老医師は言い捨てて出て行く。はなは女部屋に一人取り残された。

あきらめるもんかと、はなは布団の上で拳《こぶし》を固める。まずは腹ごしらえをして、それから先のことを考えよう。腹が減り過ぎては、よい考えも浮かばない。

しかし昼飯が運ばれてくる気配は一向になかった。はなは痺《しび》れを切らして立ち上がり、台所を探そうと女部屋を出た。

女部屋は養生所の一番はずれにあった。男部屋とは棟が分けられており、その他の部屋とも渡り廊下で繋《つな》がっていた。入所する男女がおいそれと行き来できない間取りになっているようだ。

渡り廊下の向こうから、男たちの悲痛なうめき声が聞こえてくる。普請場から運び込まれた怪我人たちだろう。時折、治療に当たる医師たちの怒鳴り声が上がった。切羽詰まった声で何やら指示している。

看病人らしき男が急ぎ足で渡り廊下に出てきた。抱えた桶《おけ》の中には血で染まった白い布が入っている。

「おい、おまえ、そこで何をしている！　勝手に部屋から出るな！」

大声で怒鳴られ、はなは慌てて女部屋へ戻った。台所を探すどころではない。

このままでは、いつまで経っても昼飯など運ばれてこない。はなは再び廊下に顔を出した。庭へ続く出入口がある。はなは草履を履いて庭へ出た。

人目を気にしながら、ぐるりと建物の外を回ってみる。庭の向こうには塀が建てられており、養生所を取り囲んでいるらしかった。閉じた障子の向こうでうめき声が上がっているのは男部屋か。

しばらく進むと、かすかに食べ物のにおいが漂ってきた。戸の開いた勝手口が見える。そっと中を覗くと、誰もいない。はなは台所に一歩踏み込んだ。

香ばしいにおいが台所に残っている。少し前まで、誰かが台所にいたのは間違いない。昼飯の支度をしていたのだろうか。

土間を見回すと、大きな竈《かまど》と広い流しがあった。まな板が置かれた調理台の上には大皿も載せられている。

はなは大皿を見て、目を見開いた。握り飯が山のように積まれている。

板海苔《のり》をくるりと巻いた握り飯に、はなの目が吸い寄せられた。

「もしかして、これが浅草海苔……」

良太が話していた、海苔つきの白い握り飯だ。中に梅干しは入っているのだろうか。はなは握り飯の山を眺め回した。

握り飯は三種ある。海苔つきの白い握り飯、青菜を混ぜ込んだ握り飯、味噌《みそ》をつけて焼いた茶色い握り飯だ。三種とも、白米を使っている。

これが養生所の昼飯か。豪勢なものだと、はなは感嘆の息を漏らした。山ノ内村では、雑穀の大根飯ばかりだった。

腹が空《す》いてたまらなくなり、はなは周囲に人を探した。しかし、賄人もみな総出で怪我人の世話へ走ったのか、誰も見当たらない。急な事態が起き、病人部屋へ昼飯を運ぶどころではなくなったのだろう。

いつ台所に人が戻って来るか、さっぱりわからない。さっき看病人らしき男に怒鳴られた時、逃げずに昼飯のことを聞けばよかったと、はなは後悔した。

今ここで大皿の握り飯をもらっても大丈夫だろうか——はなは迷ったが、食べたらすぐに出て行けと言われたくらいだから、きっと大丈夫だろうと判断した。

海苔の握り飯を手に取り、かじってみる。

「んっ！」

思わず声が漏れた。はなは夢中で握り飯を噛《か》む。

白米の甘みと塩のしょっぱさが優しく混ざり合い、海苔が醸し出す磯の香りが口の中から鼻先まで駆け抜けた。梅干しは入っていないが、白米と海苔だけでじゅうぶん美味《おい》しい。

あっという間にひとつ平らげ、はなは次の握り飯に手を伸ばした。老医師は好きなだけ食べてよいと言っていた。遠慮なくもらってしまえ。

青菜の握り飯は、細かく刻んだ青菜がしゃっきりとした歯ごたえを残しながら白米と心地よく絡み合っていた。この青菜は、もしかしたら良太の言っていた、葛西の小松菜だろうか。炒《い》った白胡麻《しろごま》を混ぜてある。

味噌を塗って焼いた握り飯は、濃過ぎず薄過ぎず、絶妙な味噌加減だ。焦げ過ぎぬようこんがり焼いてある、素朴な香ばしさがたまらない。

ふたつ、みっつ、よっつ、いつつと、はなの手が次々に大皿へ伸びる。大き過ぎず、小さ過ぎず、三種の味が楽しめる握り飯をたくさん載せた大皿は、まるで御伽《おとぎ》草子《ぞうし》に出てくる竜宮城のもてなしみたいだ。さすがは江戸の握り飯だと、はなは感心しながらぱくぱく食べ続けた。

はなが新しい握り飯にかじりついた時、台所の外で足音がした。勝手口の向こうから、男の話し声が近づいてくる。

「――で、おまえもまた怪我人の手当に駆り出されたのか」

「ええ。ですが、看病中間《ちゅうげん》のようには機敏に動けず、やはり台所とは勝手が――」

はなは握り飯を手にしたまま勝手口を振り返った。話しながら歩いてきた二人の男たちが、はたりと戸口で立ち止まる。

すらりとした長身の男と目が合って、はなは硬直した。柿渋色の裁着袴《たつつけばかま》を穿《は》き、腰に二刀を差している武士だ。はなを睨《にら》む目は冷たく、背筋に氷を入れられたような、ひやりとする鋭さを放っていた。色白で端整な顔立ちは、昔話に出てくる雪女を思い出させる。歳は、三十を少し過ぎたくらいか。

もう一人の男が、はなを指差す。

「おまえ、口の横に米粒をつけてるぞ。握り飯、食ったのか」

男はひょいと大皿を見て、はなを指差したまま大きく目を見開いた。

「ほとんど残ってないぞ！　まさか、こんなにたくさん一人で食ったのか⁉　嘘だろう。おまえ、大食《たいしょく》の会にでも出るつもりか」

目を丸くして叫んだ男は、紺地の半纏《はんてん》に股引《ももひき》をまとった町人だった。こちらは小柄で、愛嬌《あいきょう》のある狸のような顔をしている。つぶらな瞳《ひとみ》はきらきらと少年のようにあどけなく見えるが、どこか落ち着いていて、歳は隣に立つ武士より少し上に見えた。

「つまり、その女が、彦之助《ひこのすけ》の作った昼飯を台無しにしたのだな」

彦之助と呼ばれた町人は、はなの前に立って大皿を掲げ持った。

「まあ、これだけ気持ちよくぺろりと食べてもらえれば、握り飯も本望でしょうが。

先生たちの昼飯は足りなくなってしまいましたねえ」

「えっ」

はなは手にしていた握り飯の残りをじっと見て、しばし迷ってから口の中に突っ込んだ。急いで嚙んで飲み込み、深々と頭を下げる。

「申し訳ございません。本道の先生に、好きなだけ食べていいって言われたもので。養生所の先生たちの分とは知らずに、つい」

「謝っても、握り飯は戻らぬぞ」

武士がきりきりと目を吊《つ》り上げる。

「知らなければ、何をしても許されると思うておるのか。愚かな。野良猫に盗まれたほうがましだったな」

彦之助が苦笑しながら、まあまあと武士をなだめる。

「弥一郎《やいちろう》さま、この女――ええと」

「はなです」

「はなに悪気はなかったんですよ。つい手が止まらなくなるほど美味しいと思って食べてくれたんです。料理人にとっちゃ嬉《うれ》しいことですよ」

彦之助はにっこり笑って、はなを見た。

「わたしは賄中間として養生所で飯を作っているが、作った物を全部残さず食べてもらえる日は少ない。病人は具合が悪くて食べるどころじゃないし、医者の先生たちだって急患が入れば飯どころじゃなくなる。今日だって、そうさ」

「彦之助は甘いのだ。おい、女、彦之助がなぜ握り飯を三種も作ったのか、よく考えてみろ」

　はなは大皿に残った握り飯を見つめた。海苔の握り飯はもうない。青菜と味噌の握り飯がころんと三つずつ並んでいる。

「三種の握り飯は、全部ものすごく美味しかったけど――美味しいだけじゃなく、食べやすくて、楽しかった。次はどれにしようかと――」

　はなは大皿と彦之助の顔を交互に見た。

「食べる人に楽しんでもらいたいと思って作った……？　忙しい治療の合間でも、握り飯なら、ささっと食べてもらえるし。三種もあれば、どれから食べようかと、きっと心もなごむ……」

　彦之助が満面の笑みでうなずく。

「養生所の台所には、先生たちへの届け物もあってな。日によっては、握り飯の具を工夫したり、品数を増やしたりできる。何を作ろうか考えるのは、わたしの楽しみなのだ」

「彦之助は人が良過ぎる。おまえが握り飯に込めた真心を、この女は食い荒らしたのだぞ！」

弥一郎がぴしゃりと言い放った。

「おい、女、さっさと出て行け。ここは、おまえの居る場所ではない」

はなは首を横に振った。弥一郎の目から殺気が飛ぶ。はなは怯《おび》えながらも首を横に振り続けた。

「うーん、先生たちの昼飯をどうしようかなあ」

彦之助が台所の中をぐるぐると歩き回った。

「今から米を炊き直しても、今度は明日《あした》の分に響くしなあ。海苔も、もうないぞ」

「彦之助、まずはこの女を追い出すのだ。それから考えろ」

「いえいえ、何よりも先生たちの昼飯が先でございますよ。もう間もなく怪我人の治療も終わるでしょうから、大急ぎで用意しなくては」

「あのっ、あたし、手伝います！　やらせてください。何でもしますから！」

はなは彦之助に詰め寄った。しがみつかんばかりに懇願すると、彦之助は目をくりっと回して笑った。

「はな、米が足りぬ時はどうすればよいと思う？」

「大根はありますか？　あたしの村では、雑穀をかさ増しするために、畑の大根を混ぜて食べてます」

　はなが即答すると、彦之助は感心したようにうなずいた。

「かて飯か。だが、かて物になる青物は、今ここにないぞ。明日の朝に届く手はずになっているのだ」

　言いながら、彦之助はちろりと弥一郎を見上げた。

「弥一郎さまが御薬園の畑で育てていらっしゃる青物を、ちょーっと分けてくだされば、かて物はすぐ手に入ると思うがなぁ……」

「御薬園の畑？」

　彦之助は、首をかしげるはなに向き直った。

「小石川御薬園同心でいらっしゃる岡田《おかだ》弥一郎さまは、小石川御薬園奉行さまのお身内でな。小石川御薬園内にご自分の畑を作ることを許されておられる。丹誠込めた立派な青物を、時折わたしにも分けてくださるのだ」

　はなは両手を合わせて弥一郎を拝んだ。弥一郎は心底からいまいましそうに舌打ちをする。

「おまえのような女にやる大根などない」

　はなは両手を合わせたまま深々と頭を下げた。

「大根がないなら、他に何か——さつま芋はありませんか？　小石川御薬園といえば、八代将軍さまが江戸でさつま芋を無事に育てられるかお試しになった場所だと聞きました」

「ふざけるな！　大根がないなら別の物だと——おまえには何ひとつやらぬと申しておるのがわからぬのか！」

「そこを何とか」

「図々《ずうずう》しいにもほどがある！　だいたい、さつま芋の収穫はとっくに終わっておる。畑にはもうない！」

「さつま芋を冬場に寝かせておく、芋穴はございませんか？」

　ぷっと彦之助が吹き出した。

「弥一郎さま、ございますよね。ご自身の手でお作りになった芋穴が」

「よけいなことを申すな！」

「でも、弥一郎さまに食い下がるなんて、なかなかいい根性しておりますよ。どうです、はなを許してやりましょうよ」

「こんな怪しい女、今すぐ追い出せ！」

「あたし、怪しくなんかありませんっ」

はなは江戸へ出て来た経緯《いきさつ》を鼻息荒くまくし立てた。

「あたしはただ、夫を捜したいだけ。それだけなんです！」

はなが叫ぶと、弥一郎は心底げんなりしたように目を閉じた。

「しつこい女だ。厚かましくて、おまけに大食い。だから男に捨てられたのだ。今すぐ村へ帰れ。その男、おまえのもとへはもう二度と戻らぬ」

はなの胸に痛みが走った。まるで胸の真ん中に鍬《くわ》を振り下ろされたかのようだ。捨てられてない。あたしは捨てられてない。心の中で何度そうくり返しても、深くえぐられたような胸の痛みは取れない。

はなは震える唇をくっと引きしめ、口角を引き上げた。

「いいえ、あたしは帰りません。どこまでも追いかけて、絶対に捜し出します。でも、その前に、今は先生たちの昼飯を」

はなは膝《ひざ》に額がつくほど深く頭を下げ直した。

「お願いします。さつま芋をください。残った握り飯を使って、味噌《みそ》のさつま芋雑炊を作りたいんです」

彦之助が両手をぽんと打った。

「なるほど。味噌の雑炊なら、味噌焼き握りをそのまま活《い》かせるな。小松菜は味にくせがないから、合わせても問題ない」

彦之助がはなの隣に並んだ。

「弥一郎さま、お願いいたします。どうか、さつま芋を分けてください」

彦之助の真摯《しんし》な声が静かに響いた。そっと横目で見ると、はなの隣で彦之助も深々と頭を下げている。はなも改めて頭を下げた。

「お願いします！　あたしのためじゃなく、先生たちのため、彦之助さんのために、さつま芋をください！」

頭を下げ続けていると、弥一郎の重く長いため息が聞こえてきた。

「条件を出す。雑炊を作り終えたら、即刻ここを出て行くのだ。約束できるなら、さつま芋をやろう」

これ以上、彦之助に迷惑をかけたくない一心で、はなはうなずいた。

「わかりました。約束します」

「二言はあるまいな」

「ありません。何にだって誓います。雑炊を作り終えたら、養生所を出て行きます」

はなは胸を張り、弥一郎の顔を真正面から見て言い切った。

「では、ついて来い」

弥一郎は台所の隅に置いてあった背負い籠《かご》を顎《あご》で指すと、勝手口から外へ出た。はなを待たずに、どんどん行ってしまう。はなは急いで籠を背負い、小走りであとを追った。


養生所の庭を奥へ進むと、塀の端に小さな出入口があった。木戸は庭の木々に隠れるように閉まっている。

弥一郎が木戸を開けると、細い小道が左に曲がって延びていた。左手には、竹垣に囲われた大きな屋敷が建っている。

「あの、御薬園は遠いんでしょうか」

「何を申しておる。ここはすでに御薬園内であるぞ」

「え?」

「小石川養生所が小石川御薬園の中に建てられていることを知らぬのか。左手の屋敷は、小石川御薬園奉行である岡田利左衛門《りざえもん》の役宅だ」

弥一郎は、はなに背を向けて再び歩き出した。

「おまえには関係のない場所ゆえ、覚えずともよいがな」

小道を進むと、やがて木々に囲まれた畑に行き着いた。畑の脇には、小さいながら立派な納屋もある。

「ここで待っておれ」

弥一郎は納屋へ入ると、中からきっちり引き戸を閉めた。隙間もなく、中を覗《のぞ》くことができない。はなは戸に耳を押し当てた。

がさごそと音がする。納屋の床下に芋穴を掘ってあるようだ。戸を閉め切れば中は暗いだろうに、龕灯《がんどう》でも使っているのか、弥一郎が困っているような物音は聞こえてこない。

はなは戸に耳を当てたまま、畑に目をやった。

日当たりのいい畑だ。葱《ねぎ》、春菊、ほうれん草など、畝ごとに違う青物が植えられている。はなが見たことのない、変わった葉の青菜もある。しかし、どんな形の葉の上にも柔らかな日差しは同じように降り注いでいた。

畑を遠巻きに囲む木々は風よけになっているようで、冬の冷たい風も感じない。ふかふかな土の上に目を凝らせば、まるまる太った茶色い雀が群れて日向《ひなた》ぼっこをしていた。

かたりと納屋の戸が揺れた。

「寄りかかるな。どけ」

戸の向こうで、弥一郎の不機嫌な声が響いた。はなは慌てて戸から離れる。

弥一郎はさつま芋を大きなざるに積んで出て来た。どれも立派なさつま芋が二十本ほどあるだろうか。

「こんなにたくさん……」

「おまえにやるのではない。養生所医師に食わせるため、彦之助にやるのだ」

はなが背負った籠の中に、弥一郎はさつま芋を入れた。さつま芋の重みが、はなの両肩にずっしり食い込む。

はなは礼を言いながら、弥一郎を見上げた。相変わらずしかめっ面だが、思いのほかそっと優しくさつま芋を入れてくれた気がする。

はなはもう一度畑を見つめ直した。じっくり丁寧に耕された土。のびのび育っている幾種もの青物。陽だまりの雀。

畑仕事には人柄が出ると、はなは村で教わった。気難しい弥一郎の畑が、森の中の小さな桃源郷のように見えるのはどうしてだろう。

「さっさと芋を運べ！」

弥一郎に追い立てられ、はなは養生所へ駆け戻った。

「おお、こりゃ重い。こんなにたくさん背負って、よく走れたな」

はなから籠を受け取った彦之助はわずかによろめいた。籠を土間に置くと、さつま芋を一本ずつ丁寧に調理台の上に並べていく。

「多ければ、彦之助が食え」

息も乱さず涼しい顔で、弥一郎は腕組みをした。はなの仕事ぶりを見張るつもりらしい。

「では、ありがたく作らせていただきます」

彦之助は洗ったさつま芋を生のまま、すり下ろそうとした。はなは慌てて彦之助の手を止める。

「待ってください！　いったい何をするんですか⁉」

「何って、さつま芋の雑炊を作るのだろう。寛政《かんせい》元年に刊行された『甘藷百珍《いもひやくちん》』によれば、生のまますり下ろして入れるか、焼き芋をこして入れるか、どちらかだと書かれてあったはずだ」

「あたし、そんな難しい書物なんか知りません。とにかく、ざっくり切って入れりゃいいんですよ。そのまま大きめに切って入れたほうが早いし、食べごたえもあります」

はなは彦之助の手からさつま芋を取ると、皮つきのまま、まな板の上でざくざく切っていった。

「ふーむ、半月切りか」

「適当ですよ。先っぽの細いところは輪切りのまま、太くて大きいところは銀杏《いちょう》切りでもいいでしょう」

弥一郎が低く唸《うな》った。

「つまり、おれのさつま芋は不ぞろいだと言いたいのか」

「そんなこと言ってません。大事に育てられたことがよくわかる、立派なお芋です」

さつま芋を鍋《なべ》にかけ、火が通ってきたところで、残った握り飯を入れる。さつま芋を崩さぬよう、鍋の中でそっと握り飯をほぐしていく。

はらり、ほろりと、握られていた米が鍋の中に広がった。雑炊に様変わりした米を見つめていたら、はなの気持ちが少しゆるんだ。

さつま芋雑炊は、良太の作ったさつま芋飯を思い出させる。良太も、さつま芋を適当な大きさにごろりと切っていた。

今頃、良太はどこにいるのか……。鍋を見つめるはなの心が良太に飛んだ。

「さあ、残っていた小松菜も足すぞ」

彦之助が刻んだ小松菜を鍋に入れた。ぱっと鮮やかな緑色が湯気の向こうに広がる。はなの心が雑炊に引き戻された。

「綺麗《きれい》……美味《おい》しそう」

弥一郎が、ふんと鼻を鳴らした。

「綺麗と美味《うま》いが一緒か」

「いけませんか」

「いけないとは申しておらぬ」

弥一郎がむすっと黙り込む。はなは笑って、そっと優しく鍋をかき混ぜた。

「小松菜って、葛西ってとこで採れる青菜ですよね？」

彦之助がうなずく。

「小松川《こまつがわ》の近くで採れるから、小松川の菜で、小松菜だ。寒い時期が旬の貴重な冬菜で、正月の雑煮にも欠かせないな」

「何だか、おめでたい青菜ですね」

「うぐいす菜とも呼ばれるくらいだから、まあ、めでたい青菜に違いないな」

「小松川は、ここから遠いんですか？」

「江戸市中からは、ちょっと遠いな。しかし小松菜は、船で難なく運ばれてくるぞ。大川《おおかわ》から小名木川《おなぎがわ》に入れば、あっという間さ」

はなは、ふと、良太は小松川に行ったことがあるだろうかと考えた。

練馬の大根、寺島の茄子《なす》、葛西の小松菜、内藤の唐辛子、渋谷の麦——良太が言っていた、江戸の畑だ。

良太は親兄弟もなく、小さい頃からいろんなところを転々としたと言っていた。小松川だけでなく、練馬や寺島にも行ったことがあるだろうか。内藤は、渋谷はどうだ。

それとも、親兄弟の話も、すべてが嘘だったのか。良太の生まれは、江戸のどこだ。良太の育ちは、江戸のどこだ。江戸に帰ると言っていたが、本当は江戸者ではなかったのか。

はなは良太のことを何も知らなかったのだと、今さらながらにつくづく思い知った。身寄りもない良太は鎌倉にずっといてくれるのだと、そう信じ切っていたのはなぜだろう。なぜ、もっと良太の過去を聞かなかったのか。

寄り添って眠る幸せにぬくぬくと溺《おぼ》れて、何も見えなくなっていたのか。いや、見ようとしていなかったのか。

鍋の中で煮えていく小松菜は答えをくれない。まるで真実をはぐらかすように、しんなり米に馴染《なじ》んでいく。

「よーし、味噌《みそ》で味を調えたら、でき上がりだ」

彦之助が鍋に味噌を溶かし入れた。味が濃くなり過ぎぬよう、少しずつ慎重に入れていく。美味しくなあれ、美味しくなあれ、と語りかけているような表情だった。

「できたぞ。はな、一緒に運んでくれ」

はなは弥一郎を見た。弥一郎は何も言わずに腕組みをしている。作り終えたのだから今すぐ出て行けと、つまみ出される覚悟もしていたのに。

「おまえが礼儀知らずの山猿でなければ、世話になったと頭を下げてから出て行くのが道理であろう」

彦之助は大ぶりの椀《わん》に雑炊をよそいながら、はなに目配せをした。はなは雑炊の入った椀を盆に載せていく。二つの盆に三つずつ載せた。

「では弥一郎さま、行ってまいります」

彦之助は盆をひとつ持って台所を出た。はなも盆を持ってあとに続く。

雑炊を運んでいると、前を歩く彦之助が不意に肩を震わせて、むひゃひゃと小声で笑い出した。

「何です？」

「思い出し笑いだ。弥一郎さまのご様子がいつもと違っていらして、何だか」

「あのお方、いつもはお優しいんですか？」

「もっと辛辣《しんらつ》だぞ。はなにはずいぶん調子を崩されておられる」

はなは眉《まゆ》をひそめた。弥一郎に睨《にら》まれた時は冷気を感じたが、いつもは雹《ひょう》が吹き荒れるのだろうか。

「無料で治療が受けられる養生所には、身寄りのない貧しい者たちが数多くやって来る。多い時には百を超える入所者が出て、風紀の乱れることもあってな。それを咎《とが》めるはずのお役人たちも、やる気がなくて、見て見ぬふりさ」

小石川養生所は町奉行の支配下にあり、養生所見廻《みまわ》りの与力と同心が詰めている。

「弥一郎さまは、入所者の中に怪しい者がまぎれ込み、御薬園に忍び込んだら一大事だと、養生所の様子に目を光らせておられるのだ。御薬園では、異国から取り寄せた貴重な薬草なども栽培しているそうでな」

「庭の出入口を使えば、あっという間に御薬園の中に入れますものね」

「あれは火事が起こった際に病人を逃がすための非常口なのだが、不届き者の侵入口になる恐れもあると、弥一郎さまは警戒なさっておられる。町方の役人も、養生所の医師も、賄中間や看病中間たちも、みなたるんでおると日頃からお怒りでな」

「でも、彦之助さんは」

「無力さ。美味い飯を作ろうと努めてはいるが、わたし一人では何も変えられない」

はなは雑炊に目を落とした。さつま芋が椀の中で艶々《つや》と輝いている。食べる人のことを考えて日々工夫を重ねている人が無力だなんて、はなは認めたくなかった。

「さあ、こっちだ」

医師たちがずらりと並んで座る部屋へ、雑炊を運び入れた。

「彦之助、遅いではないか！　何をしておった」

「さっさと飯をよこせ！」

医師たちは腹を減らした猪のように怒り声を上げた。みな殺伐とした目をして、着物に血をつけている。

彦之助は臆《おく》することもなく平然と床に盆を置いて、一礼した。

「本日は、さつま芋雑炊にいたしました。まだ熱いので、お気をつけてお召し上がりください」

彦之助に促され、はなは医師たちの前に雑炊を運んだ。さっき女部屋で会った本道の医師もいたが、はなと目を合わせることはない。疲れた顔で黙り込んでいる。

「さあ、どうぞ」

彦之助の声に、医師たちは椀を持ち上げた。乱暴に箸《はし》を突っ込んで、がつがつと食べ始める。ずっ、ずっ、と雑炊をかっ込む音だけが部屋に響いた。

はなは目だけを動かして、医師たちを見回した。

誰も何も言わない。無言で食べ続けている。口に合うのか、合わないのか、まるでわからない。味わうというより、生き物がただ生きるためだけに腹を満たしているようにも見えた。

はなが気を揉《も》んで、じっとしていられずに腰を浮かせた、その時。

「うぅむ」

医師の一人が声を上げた。

「たまには雑炊もよいな」

「うむ」

「うむ」

次々と同意の声が上がる。

気がつけば、医師たちの目がやわらいでいた。ふわりと口元に笑みが浮かんでいる。雪解け水がさらさらと小川に流れるごとく、医師たちの口から次々に脱力のため息が漏れていった。

「熱い物を熱いうちに食べるのは久しぶりだ」

「さつま芋が甘過ぎず、ちょうどよい」

椀を手にしたまま目を閉じている者。さつま芋を箸で持ち上げ見つめている者。それぞれ動きは違っても、みな一様に感じ入った表情をしていた。

ふと、一人の医師がはなを指差した。

「その女子《おなご》は、初めて見る顔だのう。新しい台所手伝いか？　それとも女看病人か？」

他の医師たちも一斉にはなを見た。

「これは日本橋で行き倒れた女じゃ。先ほど、わしが診た」

本道の医師が事情を告げる。他の医師たちは眉を上げたり下げたりしながら、興味深そうに聞いていた。

「男を追って鎌倉から江戸へなあ。駆け込みではなく、追い込みか」

「いや、追い込めまいよ。逃げた男を見つけるのは至難の業じゃ」

「あきらめて、村へ帰るしかあるまい」

医師たちは一斉にうなずいた。

「先生方、はなは養生所でお世話になったせめてものお礼にと、さつま芋雑炊を一緒に作ってくれたのです。はなが頼んでくれたおかげで、弥一郎さまからさつま芋をいただくことができました」

彦之助の言葉に、医師たちは顔を見合わせる。

「何と、あの弥一郎どのが女子の頼みを聞いたと？」

「はなも一緒に雑炊を作ったとな」

本道の医師が、はなに向かって身を乗り出してきた。

「優しい味じゃ。おかげで落ち着いた」

そう告げてきた声こそが優しくて、はなは満面の笑みを浮かべた。彦之助も嬉《うれ》しそうに笑っている。

医師たちは雑炊を食べ終えると、そそくさとまた病人部屋へ戻っていった。

はなは彦之助とともに空っぽの椀を下げる。米粒ひとつ残っていない綺麗《きれい》な椀を、彦之助は大事そうに両手で盆に載せていた。

やっぱり彦之助さんは無力なんかじゃない――はなは椀を運びながら、前を行く彦之助の背を見つめた。彦之助が作る養生所飯は、間違いなく医師たちの活力になっている。疲れた医師たちの心を癒《いや》し、支えているのだ。

台所に戻ると、弥一郎が腕組みをしながら待っていた。

「遅い」

「すみません。今すぐ出て行きますから」

はなは椀を流しに置くと、弥一郎に頭を下げた。

「さつま芋をありがとうございました。先生方、とても喜んでいらっしゃいました」

勝手口に足を向けると、弥一郎のいら立った声に呼び止められた。

「待て。片づけもせずに行くつもりか」

はなは振り返る。彦之助が顎《あご》に手を当て、弥一郎の顔を覗《のぞ》き込んだ。

「でも、これからあと片づけを手伝ってもらうと、鎌倉へ帰るのが遅くなってしまいますよ。また道中で夜になってしまいます」

弥一郎は顔をそらして宙を睨《にら》んだ。

「明日の朝、出立すればよかろう」

「あれっ、はなを養生所に泊めてやってもよろしいのでございますか？」

「仕方あるまい。万が一にも夜道で難あれば、養生所を追い出された哀れな女と瓦《かわら》版《ばん》に書き立てられるやもしれぬ。となれば養生所が非難を浴び、ひいては、ご公儀のご威光に陰りが差してしまうのだぞ」

彦之助はしたり顔でうなずいた。

「かしこまりました。では、養生所の先生方には、わたしからお願いしておきます。はなが空腹でまた倒れて養生所の評判を落とさぬよう、弁当もしっかり持たせます」

弥一郎は、はなをぎろりと見下ろした。

「明日の朝早く、必ず出て行けよ」

はなの返事も待たずに、弥一郎は立ち去った。

「よかったな、はな。朝一番で弁当を用意しておくから、帰る前に台所に寄りな」

彦之助が洗い物に入る。はなも慌てて手伝った。

養生所で一夜を過ごす許可はすぐに下りた。

ちょうど女の入所者がいなかったので、はなは誰に気兼ねすることなく女部屋で大の字になって寝転んだ。

しかし一人の気楽さは、夜具に染みついた薬のにおいにかき消されそうだった。暗闇の中、遠くから聞こえてくる苦しげな咳《せき》の音が、江戸の夜を悲しくさせる。

眠れないまま寝床でじっとしているのがつらくなって、はなは起き上がった。枕元の風呂敷《ふろしき》包みに手を伸ばし、手探りで結び目をほどく。竹灯籠《とうろう》を取り出すと、はなは頬に押し当て、花の形に開けられた丸い穴を指で撫《な》でた。

良太への想いだけで江戸まで来てしまったが、捜す当てもないまま、明日の朝には養生所を出なければならない。

はなは竹灯籠を抱きしめた。

まだ良太を捜していないのに、帰りたくない。帰れない。あきらめられるわけがない。良太を捜す手立ては何かないだろうか。

葛西に行ってみようか。それとも練馬、寺島か——良太の口から出た場所に行ってみたら、次の策が浮かばないだろうか。

はなは竹灯籠を抱えてため息をついた。

いったいどうやって、その場所まで辿《たど》り着くというのだ。道行く人に尋ねても、親切に教えてくれるとは限らない。騙《だま》されるかもしれないのだ。現に金を盗まれている。金があれば、船に乗って葛西まで行けたかもしれない。駕籠《かご》を頼んで、練馬や寺島まで行けたかもしれないのに。

はなは竹灯籠の穴を撫で続けた。ぽろりと涙がこぼれてくる。

無理に笑うことはないと言ってくれた、良太の声を思い出す。泣いたり怒ったりできる相手が一人くらいいてもいいと——。

だが、このままでは、はなは一人で泣き暮らして、猜疑心《さいぎしん》にまみれ、どんどん醜い女になってしまうのではないか。どんな時でも自分を落とすなと諭してくれた良太こそが、はなを絶望の淵《ふち》に突き飛ばしたのだ。

このまま底なし沼に沈みたくない——水面に顔を出して息をするためにも、良太を見つけ出さなければ。

良太が大嘘つきのひどい男だったならば、惚《ほ》れ続ける価値はないと見切りをつけられる。無理をするなと優しく抱きしめ、一人で立っていられなくしておいて、突然いなくなるのは卑怯《ひきょう》だ。わけがわからぬまま、良太を信じたい気持ちが捨てられない。

胸にしこった苦しみは、どんな名医でも取りのぞけない。名薬もただの水と化す。

良太でなければ、はなの痛みを散らすことはできないのだ。

やはり良太に会わなければと、はなは決意を固め直した。

はなは竹灯籠を抱きながら目を閉じた。いつしか深い眠りの闇に、はなの意識は吸い込まれていく。ぐっすり寝入る直前に、はなが求めたのは、良太と寄り添って眺めた竹灯籠の小さな灯《あか》りだった。


どこかで鶏が鳴いた。はなはがばりと起き上がり、急いで身支度を整える。

台所へ向かうと、彦之助がすでに竈《かまど》を使っていた。調理台の上には、炊き上がった白米がおひつに移されて載っている。

はなの弁当もすでにでき上がっていた。竹を編んだ弁当箱に、小松菜を混ぜ込んだ菜飯握りと、浅草海苔《のり》の握り飯が詰めてある。こんにゃくの煮しめと、煮抜き玉子（固ゆで卵）まで入っていた。弥一郎からもらったさつま芋も、焼いて竹皮に包んである。

「はな、早いな。もう腹が減ったか」

うなずきかけた首を横に振って、はなは彦之助の前に立った。

「今日の握り飯は、あたしに作らせてください。お願いします」

彦之助は鍋《なべ》の湯を見ながらうなずいた。

「では、頼もうかな。わたしは病人たちの飯を用意する」

「病人は握り飯じゃないんですか？」

「先生のご指示がなければ病人には握らない。握ると、かえって食べづらくなる者もいるからな。病人食は米と汁が基本だが、病状によっては粥《かゆ》や葛湯《くずゆ》も出している」

「それは大変ですね……」

病人ごとに違う物を作る彦之助も大変だが、食べたい物を食べられない入所者たちも気の毒だと、はなは口角を下げた。

「まあな。早く良くなって退所し、好きな物を腹いっぱい食べられるようになってくれればいいが。養生所に来るのは貧しい者ばかりだ。ここを出ても食べていける当てはあるのかと考えれば、今わたしにできる精一杯をするしかないな」

彦之助は粥を作り始めた。重病人がいるのか、調理台の上には葛粉も用意されている。

ここは養生所の台所なのだと、はなは気を引きしめ直した。

「先生たちの握り飯は白いままですか？　具を入れますか？」

「いや、どうしようかと思っていたところだ。さっき青物が届いたので、今日は先生方の汁を具だくさんにしてみたのだが」

鍋にたっぷり作られた味噌汁《みそしる》が勢いよく湯気を上げている。大根や葱《ねぎ》がたっぷり入っていた。

「汁物は温め直せば、また熱いのを召し上がっていただけるからな」

「じゃあ、今日の握り飯はあっさり塩だけにしましょうよ。あたしの村では、白い米の飯も贅沢《ぜいたく》なごちそうです」

「よし、はなに任せた」

はなは手の平を軽く濡《ぬ》らして、指に塩を置いた。手の平に塩を馴染《なじ》ませてから、まだ熱い白米をその上に載せる。

はなは背筋を伸ばして、医師たちのために米を握り始めた。固め過ぎぬよう、崩さぬよう、きゅっと、ふんわり、丁寧に。感謝の心を握り込めていく。

ほどよい硬さに炊かれた米は、べちゃっと手につかず握りやすかった。

茶碗《ちゃわん》用、握り飯用、粥、重湯《おもゆ》――同じ白米でも、彦之助は食べ方によって硬さを変えて炊いている。手間を惜しまず、食べる相手への思いやりを飯釜《めしがま》や鍋に込めているのだ。

はなも最後のひとつまで精一杯の真心を握った。

「おっ、できたか。どれ」

彦之助が数を確かめてから、ひとつ頰張った。

「うーん、いい塩加減だ。握り具合もいい」

「では、さっさと荷物を持って出て行け」

いつの間にか弥一郎が台所にいた。勝手口の脇にもたれて腕組みをしている。

いったい、いつ入ってきたのか。勝手口に背を向けて握り飯を作っていたはなは、まったく気づかなかった。

弥一郎は歩み寄ってくると、じっと握り飯を見下ろした。

「おひとつ、いかがですか。数は足りてますので」

はなが勧めると、弥一郎は眉根《まゆね》を寄せた。

「いらぬ。きちんと握ったか、仕事ぶりを確かめただけだ」

「じゃあ、ちゃんと味まで確かめてください」

はなは弥一郎に握り飯をひとつ差し出した。だが弥一郎は微動だにせず、受け取ろうとしない。はなは弥一郎の口元に握り飯を突きつけた。

「食べてくださいってば」

て、やっと弥一郎は受け取った。

るのに。まったく、しつこい」

郎は渋々と握り飯をひと口かじった。

「むっ」

弥一郎の動きが一瞬止まる。彦之助がにったり笑って、弥一郎の横に並んだ。

「口の中でほどけるやわらかな嚙《か》み心地がいいですよねえ。塩加減もちょうどいいですし」

「別に。普通の握り飯ではないか」

と言いながら、弥一郎はばくばくと、あっという間に握り飯を食べ終えた。親指についた米のひと粒も残さずに口で拾う。

「腹が減っておったからな。まずまずであった」

弥一郎は懐から巾着《きんちゃく》を取り出すと、はなに差し出した。

「六郷川を越えるのに、渡し賃がいるであろう」

「そんな。いただけません」

「遠慮などする柄ではあるまい。たいして入ってはおらぬ。いいから、受け取れ」

はなが固辞すると、弥一郎は強引に巾着を押しつけてきた。懐の中にねじ込まれそうな勢いだ。

はなは受け取るまいと、体をずらしてくるりと背を向ける。弥一郎が前に回り込んできた。はなは握り飯を載せた調理台の向こうへ走り、弥一郎との間を開けた。

弥一郎は眉間《みけん》にしわを寄せ、ぎりりと奥歯を噛む。

「おまえ――それほどかたくなに拒むということは、もしや村へ帰らず、江戸で男を捜し続けるつもりではあるまいな」

はなは黙って目をそらした。

「おい、約束を違《たが》える気か！　誓いはどうした！」

「破りません。守りますよ。でも、あたし、養生所を出て行くとは言いましたけど、江戸を出るとは言ってませんからね！」

「何だと!?」

弥一郎が目をむいた。彦之助は口に手を当て、忍び笑いを噛み殺そうとしている。

「あー、うーん、確かに、はなは江戸を出るとは明言しておりませんでしたねえ。いえ、もちろん詭弁《きべん》でございますが」

弥一郎が動いた。はなとの間を詰めようとしている。はなは身をひるがえして廊

一目散に女部屋へ走る。

竹灯籠《とうろう》の風呂《ふろ》敷《しき》包みを背負い、蓑《みの》を小脇に抱えて、はなは廊下から庭へ出た。御薬園奉行の役宅とは逆の方向へ敷地を進み、開いていた門から外へ出る。坂道を勢いよく駆け下り、必死で養生所から離れた。

「はな！　待て！」

走りながら振り向くと、弥一郎が追いかけてくる。はなは無我夢中で逃げた。

「止まれっ、危ない！」

弥一郎の叫び声が通りに響いた。あっと思った時、はなは前から来た武士とぶつかり、後ろに引っくり返っていた。武士もよろけて膝《ひざ》をつく。

「うぬぅ――無礼者め」

中年の武士は顔を赤くして立ち上がり、はなを睨《にら》みつけた。

「も、申し訳ございません」

はなも慌てて起き上がり、深々と頭を下げた。弥一郎につかまってなるものかと後ろばかり気にして、ろくに前を見ていなかった。

「この女、武士に膝をつかせおって。許さぬぞ！」

武士が抜刀した。長刀を振り上げ、血走った目で、はなを見下ろしてくる。

はなは呆然《ぼうぜん》と立ちつくした。

ぎらりと鈍く光る切っ先——生まれて初めて目《ま》の当たりにする抜身《ぬきみ》に、はなは縮み上がった。

斬られたら、死ぬ——。

はなは震えながら、首を横に振った。

嫌だ。良太さんに会えないまま、死にたくない。あたしは死ぬために、江戸へ来たんじゃない。

声にならない叫びが、はなの胸の内にこだまする。

武士は狂犬のような目で震えるはなを睨みながら、口をひん曲げてにったりと笑った。はなは息を詰める。

「待たれい！」

駆けつけた弥一郎が、はなと武士の間に立つ。武士の目線が弥一郎に移った。はなは静かに息をつく。

弥一郎が凛《りん》と声を張り上げた。

「刀を納められよ。誤ってぶつかられたぐらいで無礼打ちが通るとお思いか。それがしが見ておったところ、貴殿にも非はありますぞ。懐手をして、ぼんやり歩いておられた。この女を斬って無礼打ちと届け出たところで、とても認められますまい」

弥一郎の声に嘲《あざけ》りがこもる。

「女を相手によけることもできなかったと、いい恥晒《さら》しにしかなりませぬな」

「何をっ」

武士はますます憤った。怒りのあまりか、刀を握る手が小刻みに震え出す。

「ふん。小心者め。その様子では、理由なき抜刀でお咎《とが》めを受ける覚悟など毛頭あるまい。憂さ晴らしに町人でも虐げようと、この先の養生所に通う貧しい者たちにわざと隙を見せてぶつかり、愚行をくり返しておるのではあるまいな」

「きさま、わしを愚弄《ぐろう》しおって！」

「辻《つじ》斬りと判断されれば、引き廻《まわ》しの上死罪であるぞ」

「わしを辻斬りだと申すか！」

激高《げっこう》した武士が弥一郎に斬りかかる。

「弥一郎さま、危ないっ」

叫ぶと同時に、はなは弥一郎に突き飛ばされた。よろけながら振り返ると、無事に刀をよけた弥一郎が道の反対端で武士と対峙《たいじ》していた。

「きさまも刀を抜けいっ」

上段に構え直した武士が叫んだ。目をぎらつかせ、歯をむき出している。

「おまえのような者を相手に、抜く必要はない」

弥一郎はいかにも面倒くさそうな声を出して、大きく息を吐いた。

「では、死ねいっ」

武士が再び弥一郎に斬りかかる。はなは両手で顔を覆った。とても見ていられない。

だが弥一郎が心配で、はなは両手の指の隙間からそっと二人の姿を目で追った。

弥一郎は無事だ。右足を一歩前に出し、素手のまま武士に向かい合っている。

武士がじりじりと前へ出る。弥一郎は一歩も退《ひ》かない。

「きえーいっ」

武士が刀を高く振り上げた。弥一郎が跳ぶ。武士が刀を振り下ろす前に、弥一郎は相手の懐にぴたりとくっついていた。刀を握る武士の手を両手で押さえ、腹に膝蹴りを入れる。

「ぐえっ」

武士は地面に倒れ込んだ。弥一郎は悶《もだ》え苦しむ武士の手から刀をもぎ取り、道の端に放り投げた。

「お、おのれ——」

武士はうめき声を上げながら、刀のほうへ這いずっていく。

弥一郎は武士の前に回り込み、見せつけるようにゆったりと腰の刀を抜いた。芋虫のように這いずっていた武士の眉間に切っ先を突きつける。武士は息を呑《の》んで固まった。

「まだやるか。それとも、このまま立ち去るか」

「わ、わかった。立ち去る」

弥一郎は刀を下段に構えたまま一歩下がった。武士は弥一郎の刀を気にしながらそろりと立ち上がり、自分の刀を拾った。

「弥一郎さまーっ、はなーっ」

坂の上から彦之助が息を切らして駆けてくる。

「どうしました、大丈夫ですかっ」

刀を手にした弥一郎と、髷《まげ》を乱したぼろぼろの武士を見て、彦之助はおろおろと慌てふためく。

「どっ、どうしましょう。いったい何がございましたか。養生所へ戻って、見廻り同心の旦那《だんな》を呼んでまいりましょうか。いや、それより、御薬園奉行さまのお屋敷へ走ったほうがよろしいですかね。それとも辻番に駆け込みますかっ」

弥一郎が刀を腰に戻した。

「落ち着け、彦之助。もう終わった」

弥一郎の冷静な声に、彦之助はうなずいた。

「はなは大丈夫か？」

彦之助に顔を覗《のぞ》き込まれるまで、はなは放心していた。

「はな？」

「あ、あたし——大丈夫です」

言いながら、はなは両手で口を押さえて、へなへなと座り込んだ。心ノ臓が口から飛び出すかと思った。

刀を腰に戻した武士が、一目散に来た道を戻っていく。弥一郎は武士から目を離さずに、大きなため息をついた。

「かすかに酒のにおいがした。どこの家の者か知らぬが、頭が冷えれば、仕返しに来ることもあるまい。大事《おおごと》になれば、おのれも痛い目に遭うからな」

はなは弥一郎の腰の刀に目をやった。さっき目の前で光った刃《やいば》の恐ろしさに、はなの体が改めてぶるりと震える。

「あたしのせいで、あんな──すみませんでした」

「この大馬鹿者めが！」

弥一郎がはなを怒鳴り飛ばした。

「江戸は、鎌倉の村とは違うのだぞ。性質《たち》の悪い浪人も、ごろつきも多い。右も左もわからぬ田舎者が当てもなくうろつけば、どんな危険に遭遇するかわからぬのだ」

弥一郎が乱暴にはなの腕をつかんだ。はなは引っ張り上げられ、両足で立つ。

「小石川には武家の抱え屋敷も多い。また逃げようと走れば、同じ目に遭いかねぬぞ」

山ノ内村でも、武士の姿はさほど珍しくなかった。鎌倉道を通る旅人は多く、その中には武士もいた。だが、ぶつかって怒りを買うなど初めてだ。

背負った風呂敷包みの結び目を握って、はなは気を落ち着かせようと努めた。

「村へ帰るのが身のためだ」

弥一郎が嚙《か》みしめるように諭す。はなは無言で風呂敷の結び目を握り続けた。

「そんなに惚《ほ》れておるのか」

弥一郎の問いに、はなは顔を上げる。

「どうしても、あきらめられぬのか」

「あきらめられません」

はなの口からするりと言葉が出た。

「良太さんは、一人ぼっちのあたしを支えてくれた、大事な人なんです」

「一人の寂しさにつけ入った、ずるい男ではないのか。おまえを捨てて出て行ったのであろう」

「わかりません。会って、確かめなくちゃ」

「会って確かめれば、おとなしく村へ帰るのか。知らずにいたほうが幸せだったと悔いたらどうする。おまえの満足する答えなど、決して得られぬぞ」

「そんなの、良太さんに会ってみなくちゃわかりません」

「目に見えておる」

「それでも――会わずに後悔するなら、会って後悔したい。このまま村へ帰っても、未練だらけで、あたし笑えません。二度と笑えなくなるかもしれない」

弥一郎は業を煮やしたように足音荒く歩き出した。

「彦之助、はなを連れて来い。逃がすなよ」

坂を下ったその先へ、弥一郎はずんずん進んでいく。困り顔の彦之助にそっと背中を押され、はなは嫌々従った。

このまま江戸を出されるのは悔しい。また逃げ出したくなるが、あたりに建ち並ぶ武家屋敷を見て、はなは耐えた。抜刀騒動をくり返すわけにはいかない。

「しかし、さっきは肝を冷やしたぞ。弥一郎さまが刀をお抜きになるなんて――本当に、ご無事でよかった」

先を歩く弥一郎を気にしながら、彦之助が小声でささやいた。

「弥一郎さまは以前お怪我をなさってから、思うように刀を握れなくなってしまったのだ」

「え、でも、ちゃんと刀を抜いて」

「わたしも詳しくは知らないが、右腕の筋を斬られて、親指にまるで力が入らなくなってしまったそうだ。普段の暮らしにはさして支障もないが、激しい斬り合いになれば、刀を取り落としてしまう恐れがある。命のやり取りにはじゅうぶん差し障る」

はなは信じられぬ思いで弥一郎の背中を見つめた。

江戸で良太を捜すのは大それたわがままなのだろうか。あきらめたほうがよいのかと、弱気になってしまう。

しんと静まり返った武家地を抜け、町人地へ出ると、物売りの声や道行く人々のざわめきで賑《にぎ》やかになった。

食べ物を売る店からは香ばしいにおいや甘いにおいが漂い出てくる。

「あー、みたらし団子のにおいが腹にずーんときますねえ。弥一郎さま、ちょっと食べていきませんか」

彦之助が団子屋の前で立ち止まった。弥一郎は振り返り、眉《まゆ》をひそめた。

「はな、腹が減っただろう。朝飯も食べてないし、弁当も置いてきてしまった。せっかく江戸まで出て来たんだ。ちょいと浅草まで足を延ばして、奈良《なら》茶飯《ちゃめし》でも食べさせてやりたいが——無理なら、せめて江戸は神田《かんだ》の団子でも」

彦之助は団子屋の店先に置かれた長床几《ながしょうぎ》をじっとり見やった。

「弥一郎さまのお許しがいただければなあ」

団子屋の娘が店の奥から出て来た。

「いらっしゃいませ。ご注文どうぞ」

団子屋の娘が彦之助の顔を見る。彦之助は弥一郎の顔を見た。弥一郎がうんざりした顔で店の前に戻ってくる。すかさず彦之助は注文した。

「みたらしと餡子《あんこ》を三本ずつと、茶も三つ。ゆっくりでいいよ」

彦之助に促され、はなは長床几の端に座った。

ほどなくして団子と茶が運ばれてきた。長床几の真ん中に置かれた茶をすすりながら、彦之助がはなの反対端に腰を下ろす。弥一郎ははなの逃走を警戒するように、ぴったりはなの横について立っていた。

「さあ、はなも食べな」

彦之助に差し出された皿から、はなは団子を一本取った。勧められるままにかじると、餡《あん》の甘さが口の中にじんわり広がった。

「どうだ、美味《うま》いだろう」

はなは団子を嚙みながらうなずく。

確かに美味い。控えめな甘さで食べやすく、いくらでも腹に入りそうな味だ。

だが、これから村へ帰されるのだと思えば、美味さも半減する。

これが良太と二人並んで食べる団子だったなら、江戸の町に浮かれながら、団子と恋の甘みを全身全霊で楽しめたのに。

「ちびりちびり食って、長引かせても無駄だぞ」

はなの頭頂に弥一郎の嫌味が落ちてくる。

「そんなつもりはありません」

「では、さっさと食え。おれの分も食ってよいぞ」

「いりません」

「やせ我慢をするな。たかが団子で恨まれたくはないからな」

「いりませんってば」

はなは食べ終えた団子の串《くし》をじっと睨《にら》んだ。

「おい、思い詰めるな。団子の串などで自害はできぬぞ」

弥一郎のあせり声を、はなは鼻先で笑い飛ばした。

「死んだりなんかしませんよ。あたしは親の遺言を守って、ちゃんと生きてくつもりです。ただね」

はなは団子の串を指でつまんで軽く振った。

「どんなに美味《おい》しい物を食べても、笑えなくなったらおしまいかな、と思って。美味しさが体に染みなくなって、心に染みなくなって、そうしていつか何も感じなくなっていくのが怖いんです。あたし一人じゃ、何も——良太さんがいなけりゃ——」

はなは言葉に詰まった。鼻がつんとして、喉《のど》の奥が痛くなる。涙が出そうだ。

「重症だな」

弥一郎はこめかみを指で押さえた。立ったまま茶をすすり、勘定を終えると、人通りの中へ歩き出す。彦之助が慌てて立ち上がった。

「弥一郎さま、どちらへ」

「喜楽屋《きらくや》だ。団子を食い終えたら、はなを連れて来い」

彦之助は首をかしげながら、人混みにまぎれていく弥一郎の背中を見送った。

「うーん、まさか……まさかなあ」

彦之助は長床几に座り直すと、皿に残っていた団子をはなに差し出した。

「まずは食べろ。生きていれば、体がちゃんと美味さを覚えてる。食べれば、心も美味さを思い出す。何も感じなくなるなんて、よっぽどのことさ。だから、まずは食べろ。何も考えず、団子の味だけ感じればいいんだ」

はなは団子をかじった。みたらしの甘じょっぱいたれが、とろりとはなの舌を覆う。心まで覆いつくして、ひび割れた痛みをとろとろ癒《いや》していくようだった。

「食べ終えたら、さあ行くぞ」

「どこへですか」

「神田須田町《すだ》にある、喜楽屋という一膳飯屋《いちぜんめしや》だ」

「そこで新しい弁当でも買ってくださるっていうんでしょうか」

「そうかもしれん」

「神田須田町から日本橋までは、すぐなんですか」

「ああ、すぐだな」

はなは大きく息をついて立ち上がった。いよいよ江戸を出されるのか。歩きたくないが、団子屋に居座るわけにもいかない。彦之助のあとをついて歩くより他に、行く当てもない。

はなは通りを行き交う人々にぶつからぬよう気を張り巡らせた。あまりにも人が多くて、すぐ疲れてしまう。気を抜いたら人波に飲まれて、どこかへ流されてしまいそうだ。

ほどなくして、神田川の近くに建つ表店《おもてだな》の前で彦之助が立ち止まった。

「着いたぞ、ここだ」

目の前には『めし喜楽屋』と書かれた藍染《あいぞめ》の暖簾《のれん》がかかっている。

彦之助は引き戸を開けて一礼すると、店の中へ入った。ぷうんと醬油《しょうゆ》のにおいが通りに漂い出てくる。

「はな、何をしておる。早く来い！」

戸口に立ち止まってにおいを嗅《か》いでいると、中から弥一郎に怒鳴られた。はなも慌てて店に入る。

入口近くの土間に竈《かまど》があり、鍋《なべ》の中でぐつぐつと何かが煮えていた。醬油と出汁《だし》のにおいが鍋から溢《あふ》れている。

竈の前には、美人画から抜け出てきたような色白の女が立っていた。紫黒《しこく》色に縦《たて》縞《じま》の入った小袖《こそで》を粋《いき》に着こなした大年増《おおどしま》だ。たすきがけをして、蝶文《ちょうもん》をあしらった前掛《まえかけ》をつけている。静かに微笑む立ち姿は凜《りん》と咲き誇る芍薬《しゃくやく》のように艶《あで》やかで、世間知らずの小娘には到底真似できない色香を放っていた。

「おせい、これが今話しておった鎌倉の山猿だ」

土間の床几に腰かけていた弥一郎が、はなを顎《あご》で指した。

「まあ弥一郎さま、女子《おなご》に向かってひどい言い草でございます」

おせいと呼ばれた女は弥一郎を軽く睨んでから、はなに向き直る。

弥一郎をたしなめた目つきが何とも色っぽかった。といって、男に媚《こ》びるいやらしさはない。はなは思わずほけーっと、おせいに見惚《みと》れた。

おせいは優雅に一礼する。

「喜楽屋の女将《おかみ》、せいです。あなたの事情は弥一郎さまから伺いました。それで、簡単な読み書きや勘定はできますか？」

「はあ。子供の頃、寺子屋で教えてもらいました。昔、親の借金がもとで宿場の茶屋に売られた娘が、金勘定できなくて苦労したっていうんで」

「あなたは茶屋で働いたことがあるの？」

「ありません。おかげさまで、売られるような目には遭いませんでしたから」

「そう。よかったわね」

おせいが目を細めて笑う。はなは一瞬、甘い花の香りに鼻の頭をちょんとつつかれた気がした。店に漂う醬油のにおいも忘れてしまいそうだ。

「では、遠慮なく店を手伝ってもらいましょうか」

弥一郎が重々しくうなずいた。

「どんどん使え。この大食い女に、ただ飯をやる必要はない。息つく暇もないほど働かせるのだ。しっかり見張っておかねば、彦之助のように、せっかく作った品を盗み食いされてしまうぞ」

小上がりに腰かけていた彦之助が身を乗り出して笑う。

「大丈夫だよなあ、はな」

「え、あの……」

弥一郎がはなの前に立ち、威圧するように間近で見下ろしてきた。

「おまえ、村へ帰る気など毛頭なかろう。野放しにすれば何をしでかすかわからぬゆえ、この喜楽屋に置いてもらえるよう頼んでやった。断ってもよいが、その場合はおれが村まで送って行く」

「お――お願いします！　あたし、一生懸命働きますから！」

はなは勢いよく頭を下げた。弥一郎の胸に頭がぶつかりそうになる。弥一郎は嫌そうな顔をして一歩下がった。

「頭を下げる相手が違う」

はなは慌てて姿勢を正し、おせいに向かって頭を下げ直した。

「よろしくお願いしますっ」

「はい、よろしく。店の二階で寝起きしてもらいますね」

彦之助がうらやましそうに天井を仰いだ。

「女の二人暮らしかあ。わたしも喜楽屋に住み込みたいなあ」

「おせいさん、お一人なんですか？」

「ええ。亭主と二人で店をやっていたんだけど、亭主は五年前に死んでね。それからは一人よ。子供もいないし」

「そうですか……」

はなは目を伏せる。おせいは笑って、はなの肩に手をかけた。

「大丈夫。もう慣れてきたわ。今日からしばらくは、一人じゃないし」

「おせいに迷惑をかけてはならぬぞ。おれも目付役として、できる限り顔を出す」

「はいっ。弥一郎さま、本当にありがとうございます！」

はなは弥一郎の手を両手で握りしめ、拝むように額をつけた。

「あたし、弥一郎さまのこと、冬眠しそこねた蛇みたいな人だと勝手に誤解してました。でも、さつま芋もくれたし、住み込みで働ける場所も見つけてくれたし、本当に何て感謝したらいいのか――」

「冬眠しそこねた蛇……？」

弥一郎が困惑顔で呟《つぶや》くと同時に、彦之助が盛大に咳《せ》き込んだ。おせいが慌てて水を飲ませる。

「おせいさん、すみませ――げほっ、うえっ――ひー、苦しい」

「大丈夫？」

「はい。笑っちゃいけないと思ったら、唾《つば》が変なところに入ってしまって」

咳《せき》が治まると、彦之助は立ち上がった。

「では、わたしは養生所へ戻ります」

「おれも帰る」

弥一郎は悪夢から醒《さ》めたような顔になると、はなの手を乱暴に振り払った。

「おせい、はなを喜楽屋に置く件、帰る前に大家のところへ寄って話をつけるが、あとでおまえからも挨拶《あいさつ》しておいてくれ。裏店の病人が養生所へ入った際に、入所日数の都合を根回ししてやったから、断られぬとは思うが」

「承知いたしました」

「よろしく頼む」

二人が帰ると、はなは店の二階へ案内された。階段を上がると、おせいは二間あるうちの奥の襖《ふすま》を開けた。

「ここを使ってちょうだい。わたしは隣で寝起きしているから」

通りに面した六畳だ。障子から差し込む光が柔らかく室内を照らしている。

「え、いいんですか？　こんな綺麗《きれい》な畳の部屋を――あたし一人で？」

「どうぞ。わたしは少しでも店に近いほうがいいの」

はなが風呂敷《ふろしき》包みを背中から下ろしている間に、おせいは店から温かい汁を運んできた。

「鰯《いわし》のつみれ汁、よかったらどうぞ」

大ぶりの椀《わん》にたっぷりよそわれた汁の中には、大根、人参、葱《ねぎ》などの青物も入っていた。盆の上には唐辛子も添えられている。

「七色唐辛子は、お好みでね」

「はい。ありがとうございます」

はなは良太の味噌《みそ》けんちん汁を思い出した。椀の中のつみれが、崩した豆腐だったら——胡麻油《ごまあぶら》を使った味噌の汁だったら——。

はなは七色唐辛子を少し椀に入れ、居住まいを正して鰯汁に向き合った。

「いただきます」

椀に口をつけると、温かい湯気と醬油《しょうゆ》のにおいに顔を包まれた。ひと口飲むと、こくのある深い醬油の味が喉《のど》を駆け抜け腹に熱く落ちた。青物の甘みも汁に染み出ている。鰯のつみれも生姜《しょうが》ですっきり、ほどよい歯ごたえだ。

はなは顔を上げ、はあっと息をついた。

「あったまる……」

手にした椀の温《ぬく》もりと飲み込んだ汁の熱さが全身に広がっていく。

「外は寒かった？」

「いえ、それほど感じなかったんですけど。この汁を飲んだら、何だか急に体がじんじんと」

うふふと笑って、おせいは目を細めた。

「居場所が決まって、やっと落ち着いたのかしらね。今日は部屋でのんびりしてるといいわ。昼寝でも何でも、好きにしててちょうだい。わたしは下の店にいるから」

はなが食べ終えた椀を持って、おせいは部屋を出て行った。

静かに襖が閉められ一人になると、はなは部屋の隅に置いた竹灯籠《とうろう》を手に取り、ひび割れたりしていないか入念に確かめた。

どこも壊れていない。模様の穴に欠けもない。はなは安堵《あんど》の息をついて、竹灯籠を膝《ひざ》の上に載せた。

座ったまま窓の障子を少し開けると、すうっと冷たい風が吹き込んできた。人々の話し声も風に乗って入ってくる。

「おや旦那《だんな》、大川へお出かけですか」

「ああ。新しい竿《さお》を試したくてな。船を手配してある」

「よく肥えたはぜが旦那を待ってますよ」

はなは障子の隙間から通りを見下ろした。

釣り竿を手にした男が笑いながら遠ざかって行く。入れ替わるように、小山のように重なり合った数多くのざるを天秤棒《てんびんぼう》にぶら下げた男がやって来た。

「ちょっと、ざる屋さん、裏までいいかしら」

女に呼び止められ、ざるの山を担いだ男は小道の奥へ入って行った。

行き交う人々が途切れず、活気に満ちた神田の通りは、山ノ内村の野道とはまるで違う。

今日からしばらくこの町で暮らし、良太を捜すのだという感慨が、はなの胸に込み上げてきた。期待と、それを上回る不安とが、胸の内で激しく渦巻いている。

はなは障子を閉め、膝の上の竹灯籠を両手で握りしめながら目を閉じた。通りの喧騒《けんそう》が少しだけ遠くなる。

気がゆるんだのか、うとうとしてきた。こっくりこっくり頭が揺れて、眠気に負けたはなは竹灯籠を抱いて畳に寝そべった。いくら元気が取り柄といっても、良太の起こした荒波に揉《も》まれて、さすがに疲れてしまった。ちょっと休ませてもらっても罰は当たるまい。

やがて通りの声も聞こえなくなって、はなは眠りの底にゆっくり静かに落ちていった。

体の真下から笑い声が響いてきて、はなは目を開けた。室内はすっかり暗くなっている。かなり眠ってしまった。

いつの間にか体にかけられていた夜着《よぎ》から出て、はなは耳を澄ました。笑い声は階下の店から聞こえてくる。

はなは階段の上から、そっと店の様子を窺《うかが》った。

「やっぱり、おせいさんの作る飯は美味《うま》いなあ。おれは喜楽屋で食うために、今日も仕事を頑張ったんだ」

「うんうん、わかる。一人で食うのは侘《わび》しいが、ここに来れば誰かしらいるしな」

「誰もいなけりゃ、おせいさんを独り占めだぜ」

「おいら、そっちのほうがいいや」

「ちげえねえ」

軽やかな笑い声が再び響いた。常連客の男たちが集まっているらしい。

「はい、こんにゃく田楽お待ちどおさま。ぶり大根もね。湯やっこも、すぐできますからね」

「おせいさん、風呂吹き大根ちょうだい」

「かしこまりました。少々お待ちください」

絶え間なく器を動かす物音が響く。おせいが忙しく立ち働いている。

「おせいさん、今から雑炊を頼めるかい」

「お時間かかりますけど、いいですか」

「うん、もう一杯飲みながら待つよ。そうだな、つまみは——」

じっとしていられなくなり、はなは店に下りた。

「あたし、手伝います！」

はなが調理場に立つと、おせいは申し訳なさそうに眉尻《まゆじり》を下げた。

「今日ぐらい、何もしなくていいのよ。騒がしくて、ゆっくり休めなかったかしら」

「いえ、じゅうぶん休みました。じっとしてると、体がなまっちゃいますから」

客たちの興味津々な目がはなに集まっている。

「おせいさん、それ誰⁉」

はなは口角を引き上げ、一礼した。

「喜楽屋の新しい看板娘、はなです。よろしくお願いします」

客が一斉にどよめく。

「おせいさん、ついに手伝いを入れたのか。明るくて、よさそうな人じゃないか。でも、看板娘って——娘って歳なのか？」

「だって看板年増とは言わねえだろう。いくつになっても、女は娘でいいんだよ」

「いいわけねえさ。はなちゃんが可愛いのと、それとは、話が別だ」

客たちが始めた討論を横目に、はなは笑いながら調理場から器を運んだ。

「湯やっこと風呂《ふろ》吹き大根です。どちらも熱々ですから、お気をつけてくださいね」

「あいよ。はなちゃん、ありがとよ」

店で体を動かしているうちに、はなの胸に渦巻いていた不安はどこかへ隠れてしまった。笑顔が集う店の中にいると、はなもつられて笑顔になってくる。

「ああ、腹いっぱい食った。ごちそうさん。勘定はここに置くぜ」

「ありがとうございました。またどうぞ！」

はなは満面の笑みを向けて、帰る客を見送った。

第三話　恋鍋《なべ》

頬をぴしゃりと打つ寒さを追い払うように、はなはせっせと箒《ほうき》を動かして喜楽屋の前を掃き清めた。

まだ日が高く昇らぬ早朝。江戸の空は寒々しく曇り、時折冷たい風が吹いている。

「しぃじみぃー、あっさりー、しぃじみぃー」

まだ幼さの残る若い声に、はなは通りの向こうを見やった。

天秤棒を担いでやって来るのは、一人前と呼ぶにはまだ早い、十五かそこらの少年だ。粗末な着物から出た両手両足は小枝のように痩《や》せて、いかにも寒そうである。

見るからに貧しい身なりだった。

おせいに頼んで、あの子からしじみを買ってやれないだろうか——はなが思案していると、通りの反対から、年端もゆかぬ幼い売り声が上がった。

「なっとぉー、なっと、なっとぉー」

しじみ売りの少年よりさらに年下の、十になるかならぬかの子供だ。懸命に天秤棒を担いで歩く姿がいじらしい。

あちらを買えば、こちらが買えず——いや、両方から買ってやれないだろうかと悩むはなの唸《うな》り声を蹴散《けち》らすように、野太い中年男の声が通りに響き渡った。

「とおふ〜い！」

大きな柄樽《えだる》を天秤棒に吊《つ》り下げた豆腐売りだ。豆腐に見立てた目印か、前の樽に白い箱を載せている。

「そこの姉さん、豆腐いるかい？」

柄樽をじっと見ていたら、豆腐売りに声をかけられた。はなは慌てて首を横に振り、再び箒を動かす。豆腐売りは顔をしかめて足早に通り過ぎていった。

江戸の町が動き出すのは早い。早朝から棒手振《ぼてふり》たちが商売にいそしんでいる。

「おはよう、はなちゃん。師走《しわす》の風に負けず、朝から頑張ってるねえ」

八百屋の八兵衛《はちべえ》が喜楽屋の前に立った。背負った籠《かご》の中には青物が山積みだ。

「おせいさん、いるかい」

「はい。どうぞ中へお入りください」

はなは店の戸を引き開けた。

八兵衛は神田多町《たちょう》に大きな店を構える店主だが、喜楽屋への届け物は奉公人に任せず、いつも自ら背負ってくる。おせいの亡夫である銀次《ぎんじ》と親しくしていた縁で、喜楽屋を何かと気遣ってくれるのだと、はなは聞いていた。

「今日も採れたての新鮮なやつを持ってきたよ。うちに入った青物の中でも、よりすぐりの物だ」

八兵衛の声に、おせいが二階から下りてくる。

「まあ、本当に立派な青物ばかり。八兵衛さん、いつもありがとうございます」

「いい加減な物を持ってきたら、死んだ銀次に怒られちまうからな」

ほうれん草、小松菜、人参、大根――八兵衛が調理場に並べた青物はどれもみな、みずみずしい生気を放って食べ頃を競い合っていた。

はなは目を輝かせて、目の前の青菜をひとつ手に取ってみた。

「これは綺麗《きれい》な若葉色ですねえ」

長い楕円形《だえんけい》のちぢれた葉が何枚も重なって茎についている。真上から見ると、大きな一輪の花のようだ。

「ああ、ちしゃ（非結球レタス）かい。煮浸しにすると美味《うま》いよ」

おせいが満足そうにうなずく。

「ちしゃは傷みやすいけど、八兵衛さんが持ってきてくれるのはいつも傷ひとつないわよね」

「まあな。丁寧に扱われた青菜じゃなけりゃ、おれは絶対に買わねえし、客にも売られねえよ。それに、喜楽屋はやっちゃ場（青物市場）に近いから、いつでも採れたての青物を届けられる。銀次もそれを頭に入れて、ここに店を借りたんだもんな」

八兵衛は過去を懐かしむように目を細めて調理場を眺めた。おせいは微笑みながら目を伏せ、調理場に並ぶ青物をそっと指で撫《な》でる。

「神田のやっちゃ場って、江戸で一番大きいんですよね？」

はなが聞くと、八兵衛は腰に手を当て胸を張った。

「おう。多町を真ん中に、連雀《れんじやく》町、須《す》田《だ》町、佐《さ》柄《え》木《き》町、雉《きじ》子町にまたがる青物五ヶ町で、神田のやっちゃ場が成り立ってんだ。その神田と千住《せんじゅ》と駒込《こまごめ》で、江戸の三大やっちゃ場さ。それに本所《ほんじょ》と京橋《きょうばし》を加えりゃ、江戸の五大やっちゃ場になる」

八兵衛は空になった籠を背負い直した。

「気が向いたら、そのうち市を覗《のぞ》いてみな。賑《にぎ》やかなやっちゃ場の風に当たるのも、いい気晴らしになるかもしれないよ。女一人で行きづらきゃ、おれが連れてってやるからよ」

八兵衛は同情たっぷりの眼差《まなざ》しをはなに向け、ひそひそ声で続けた。

「あんた、ひどい男に騙《だま》されて、鎌倉海老《えび》と引き換えに岡場所へ売られちまったんだってな」

「はあ？」

「初物好きの江戸っ子は、女房を質に入れても初鰹《はつがつお》が食いてえって騒ぐが。鎌倉海老一匹のために売られるとは、何とまあ気の毒に」

「いや、あたし、売られてませんよ」

「売られそうになったところを、遠縁のおせいさんに助けてもらったんだっけ？　それとも客を取らされる寸前に請け出されたんだっけ？　何はともあれ、無事でよかったなあ。恩返しに、喜楽屋で働くんだろ。しっかり頑張んな」

「え、おせいさんの遠縁って――」

言いかけたはなに気づかず、八兵衛は片手を挙げて戸口へ向かった。

「おれは青物を届けに、ちょくちょく顔を出すからよ。今後ともよろしくな」

片手を挙げたまま颯爽《さっそう》と立ち去る八兵衛を、はなはぽかんと見送った。

「あたし、いったい、いつから鎌倉海老で売られた女になったんでしょうか」

おせいも首をかしげる。

「遠縁と思われるのはいいんだけど、岡場所に売られただなんて……どこの誰が、そんなでたらめを流したのかしら」

はなとおせいは顔を見合わせた。


「おれは、鎌倉海老を追いかけて江戸に来た女が喜楽屋にいるって聞いたぜ」

小上がりに腰を落ち着けて酒を飲んでいた大工の権蔵《ごんぞう》が、がははっと高笑いした。神田竪大工《たてだいく》町の長屋に住んでいる、ちょいと歳のいった独り者だ。

絵師の鳩次郎《はとじろう》が風呂《ふろ》吹き大根をふーふーと冷ましながら、うなずいた。神田金沢《かなざわ》町の長屋に住み、孔雀堂《くじゃくどう》という雅号で励んでいる三十路《みそじ》の独り者だ。

「わたしが聞いたのは、鎌倉海老を追いかけて来たのは素潜り名人の海女《あま》だとか、精進料理に飽きた海辺の寺の尼だとか。絵としたらどちらがよいか考えてみたのですが、そもそも東海道を海老が旅するなんて姿が何ともまあ」

「まぬけだわな。めちゃくちゃだ」

横から口を出したのは、柳橋《やなぎばし》の船宿で猪牙《ちょき》船《ぶね》を操る金太《きんた》だ。まだ若く、柳橋近くの茅町で一人気ままな長屋暮らしをしている。

三人とも喜楽屋の常連で、顔を合わせると一緒に折敷を囲む仲だ。

「どれにしても、くだらねえ馬鹿話だ。海老も、女も、馬鹿丸出しじゃねえか」

吐き捨てるように言ったのは、若い大工の佐助だ。権蔵と同じく竪大工町の長屋に住んでいるが、所帯を持ったばかりで、このところ喜楽屋から足が遠のいていたらしい。はなが顔を見るのは、この日が初めてだ。

「海老はともかく、女も馬鹿丸出しはないだろう」

隣に座った権蔵がたしなめるように、佐助の脇腹を肘《ひじ》で小突く。権蔵の目は、はなを気にして宙を泳いでいた。

佐助は権蔵の肘を振り払うように、ちろりから湯呑茶碗《ゆのみぢゃわん》へ勢いよく酒を注いだ。

「あっ、おめえ、飲み過ぎだぜ。猪口《ちょこ》でちょこちょこ飲んでりゃいいのに」

「あぁん？　何言ってんですか、権蔵さん。利き酒じゃあるめえし、んなぁけちな飲み方できませんよ」

「じゃあ、猪口よりも少し大ぶりの杯をもらって」

「気取る店じゃねえんだ。湯呑茶碗でいいでしょう。ねえ、おせいさん」

佐助に問いかけられたおせいは、曖昧《あいまい》な笑みで首をかしげるにとどめた。

「女将《おかみ》さん、勘定ここに置くぜ」

「ありがとうございます」

土間の床几《しょうぎ》で食べていた客が帰っていく。おせいは折敷の上に置かれた銭を握ると、戸の外まで出て客を見送った。

はなは床几に残された器を片づける。器の中は空っぽだ。綺麗に食べ終えられた器を見るのは気持ちがいいと、はなは笑みを浮かべた。

「はなちゃん、風呂吹き大根のお代わりもらえるかい」

「あっ、おいらも」

嶋次郎と金太に声をかけられた。

「はい、ただいま」

はなは風呂吹き大根をよそい、小上がりに運んだ。

待ってましたと言わんばかりに、金太がすぐに箸《はし》をつける。大根の上に載せた柚《ゆ》子味噌《ずみそ》ごと箸でぱっくり割って、金太は立ち昇る湯気に目を細めた。

「あぁ、これだよ、これこれ。朝から晩まで冷たい川の風にさらされてる間ずうっと、おいら喜楽屋であったかい晩飯を食うことばかり考えてるんだ」

んあーっと声を上げながら、金太が風呂吹き大根を嚙《か》みしめる。

はなは笑って風呂吹き大根を眺めながら、山ノ内村で良太と食べた風呂吹き大根は柚子醤油《しょうゆ》だったと思い返していた。

「はなちゃん、疲れてるのかい？」

鳩次郎の心配そうな声に、はなは慌てて首を横に振った。

「風呂吹き大根に見惚《みと》れて、ぼうっとしちゃってたんですよ。おせいさんが作った物は、やっぱり美味《おい》しそうだなあって」

「そりゃあ、もう。おいら、冬の夜は、おせいさんの風呂吹き大根を食べなきゃ眠れねえよ」

鳩次郎が同意する。

「金太の言う通りだ。出汁《だし》がしっかり染みて、いい味だよねえ。これを食べたら体があったまって、いい夢見られそうだよ」

調理場に戻ったおせいが微笑む。

「八兵衛さんが吟味して持ってきてくれた、練馬の大根ですよ。練馬のやわらかい土で育った、きゅっと身の引きしまった大根は、本当に美味しいわよね」

おせいの言葉に、鳩次郎は器の中の大根を上から横から眺め回した。

「煮物や浅漬けを作るのにいい大根も、沢庵《たくあん》漬けを作るのにいい大根も、練馬の大根はどれも本当に物がいいわ」

　鳩次郎が、ふむーんと唸《うな》る。

「寒くなると、練馬村から百姓が自ら馬で大根を売りにくる姿をよく見かけるけど、馬の背に積まれて運ばれる大根を描いても、おもしろいかもしれないなあ」

　金太が首を横に振った。

「美人画から馬と大根の絵に鞍替《くらが》えしたって、どうせ売れねえよ。船に積まれた大根の絵なら、ちっとばかし風流ってもんが描けるかもしれねえけどよ。絵に描くなら、おいらは川が一番だと思うぜ」

「お黙り。風流の何たるかも知らぬ猪牙野郎が」

「何でいっ、描いても描いても売れねえ絵師が偉そうに。鳩が孔雀を気取っても、駄目なもんは駄目さ」

「ふんっ、生意気な」

　鳩次郎と金太はそっぽを向いて、同時に風呂吹き大根を口の中に突っ込んだ。

「あぁ、ほっとする味だねえ」

「うーん、たまんねえや」

　二人の肩から同時に力が抜けた。おせいが明るい笑い声を立てる。

「鳩次郎さんと金太さん、何だかんだ言って本当に仲がいいわよね。まるで兄弟みたい」

二人は肩をすくめながら、満更でもなさそうな顔で風呂吹き大根の器を空にした。

「けどよぉ、鎌倉海老《えび》で売られたのも、鎌倉海老を追いかけて来たのも、全部はなさんのことだろ。いったい何で、そんなふうに広まっちまったのかねえ」

「喜楽屋に集まる酔っ払いのせいさ。他に考えられるかい」

「性質《たち》の悪い酔っ払いは、この店に出入りしてないと思うけどなあ」

「まあ、そうだねえ。知る限りでは、みんな気のいい連中ばかりだけどねえ」

首をかしげる鳩次郎と金太に、はなは笑いかけた。

「噂って、そんなものなんでしょうね。夫の手がかりを求めて喜楽屋のお客さんに心当たりを尋ねてみたものの、収穫はまったくなし。あたしの事情は酒の肴《さかな》の馬鹿話となって、悪気はなくとも、好き勝手に伝わっちゃったんでしょう」

鳩次郎が気遣わしげに目を細める。

「はなちゃんのご亭主を見つけるには、どうしたらいいかねえ。わたしが、ご亭主の顔を描いてみようか。はなちゃんからご亭主の顔の様子を聞き取って、何とか描けないものかな。うまく描ければ、字だけの人相書きよりずっとわかりやすいはず」

金太が鳩次郎の背中を叩《たた》く。

「やってみなよ。顔の絵まで描かれた人相書きは珍しいって聞くが、絵があれば、おいらも猪牙《ちょき》で川へ出る時に、あちこち聞き回ってやれるぜ。船と船とがすれ違う時だって、ぱっと絵を見せりゃいいんだから」

川の聞き込みは任せろと、金太は胸を張る。

「はなさんの亭主は、由比ヶ浜から鎌倉海老を届けさせたんだろ。浜からそのまま船で江戸へ出たかもしれねえ。そんなら、おいらの縄張りに入ったかもしれねえぜ」

「船か……船なら、本当に江戸へ来たかもわからねえな」

しばし黙って酒を飲んでいた権蔵が口を挟んだ。

「ひょっとして、大坂《おおさか》のほうへ出たんじゃねえのか。それとも、江ノ《え》島《しま》や三浦《みうら》あたりに留《とど》まってることは考えられねえか。何にしても、見つけるのは難しいなあ」

一同は黙り込んだ。権蔵も、鳩次郎も、金太も、目を据えて床を睨《にら》んでいる。

はなは重い沈黙を破るように、あっはっはと甲高く笑った。

「江戸へ出てきて、まだひと月も経ってないんです。これから、これから。めげずに気長に夫を捜しますよ」

新しい客が入ってきたので、はなは応対に回る。

「豆腐田楽と、牡蠣《かき》雑炊をくれ。酒もな」

「はい。少々お待ちください」

おせいが牡蠣雑炊の支度をしている間に、はなは小上がりの隅に陣取った客に酒を運んだ。

「はなさん、あんたの亭主は屑《くず》だなあ！　男の風上にも置けねえや」

不意に耳をつんざくような怒鳴り声が響いた。はなが振り返ると、口をへの字に曲げた佐助が空になった湯呑茶碗《ゆのみぢゃわん》を逆さに振っている。

「どんな事情があろうと、何も言わずに突然いなくなっちまう男なんざぁ糞《くそ》だ！　糞を追って、どうする。下肥《しもごえ》と一緒に亭主も売っちまいな！」

よい青物を早く育てるため、農村では干鰯《ほしか》などの肥料の他に、下肥（糞尿《ふんにょう》）も買って使っていた。町人の糞尿である町肥《まちごえ》は、長屋の大家が得る報酬になっている。

「ま、あんたの亭主にゃ値なんかつかねえだろうがよ」

「おい、よさねえか」

権蔵が湯呑茶碗を取り上げて、はなに頭を下げる。

「はなちゃん、すまねえ。佐助のやつ、酔っ払って分別なくしちまってんだ」

「何言ってんだ。酔ってたって、言ってることは至極まっとうだぜ。みんなだって、そんな男は忘れちまったほうがいいって言ってたじゃねえか」

「そりゃあ、まあ――」

言いかけて、権蔵はひと呼吸置いた。

「だがよ、男と女のことなんて、当人どうしにしかわからねえ理屈抜きの情ってもんがあるんじゃねえのか」

鳩次郎が大きくうなずく。

「権蔵さんの言う通りだよ。わたしだって、描いた女の数だけ色恋を垣間《かいま》見てきたけど、誰もみな、頭で動けるなら苦労しないのさ。体の芯《しん》からほとばしる熱を持てあまして悶《もだ》えて、そうやって女は男を想い続けるんだよ」

佐助は赤ら顔で鳩次郎を睨んだ。

「へっ、知ったふうな口きくじゃねえか。女の何もかもをわかって描いてんなら、なんであんたの美人画が飛ぶように売れねえんだ」

鳩次郎は、むぐっと口をつぐんだ。金太が片手を横に振る。

「やっぱり孔雀堂って雅号がいけねえのかなあ。昔、死んだ爺《じい》さんと婆さんが上野《うえの》で孔雀《くじゃく》茶屋を営んでたから、それを偲《しの》んで孔雀堂にしたんだろ。けど、潰《つぶ》れちまった店だってのがよくねえよなあ」

金太は大げさに身震いしてみせる。

「店で死んだ孔雀の怨念《おんねん》が、売れっ子絵師になる邪魔してるかもしれねえぜ」

「失礼な。粗末に扱われて死んだ孔雀なんかいないよ。孔雀たちはみんな、爺さんと婆さんに懐いてたさ」

それた話に背を向けて、はなは調理台から豆腐田楽を客に運んだ。

小上がりの隅で聞き耳を立てていたらしい客は、はなと目を合わせずに、うつむいて豆腐田楽をかじる。

ゆったり楽しく豆腐田楽を味わってほしいのに、このままでは気まずさも一緒に飲み込ませてしまう。いったい、どうしたら、店の中を明るくできるのか。

はなはあせりながら、懸命に笑顔を作った。

「牡蠣雑炊できましたよ」

おせいの凛《りん》とした声が店内に響く。調理場に目をやると、雑炊の入った器が折敷《おしき》に載せられるところだった。

「はい、お待ちどおさま。熱いので、お気をつけてくださいね」

はなが折敷を運んでいくと、客はやっと笑顔になって、湯気の立ち昇る牡蠣雑炊を食べ始めた。はなは、ほうっと息を吐く。

新しい客がまた入ってきた。

「いらっしゃいませ――あ」

開けた戸を閉めながら顔をしかめたのは弥一郎だった。御薬園にいる時の裁着《たっつけ》袴《ばかま》ではなく、藍色《あいいろ》の半袴《はんばかま》をまとっている。

弥一郎は鋭い目ではなを睨んだ。

「何が『あ』だ。ぼけっとしおって。きびきびと働け」

弥一郎は土間の床几《しょうぎ》に腰かけて、ちろっと小上がりを見た。

小上がりの客たちはみな萎縮《いしゅく》した様子で、しんと黙りこくって飯の器に顔を伏せた。権蔵たちがひたすら箸《はし》を動かす中で、佐助だけが床に手をつきふんぞり返っている。

「おれはね、そりゃあもう、ちよを大事にしてますよ。惚《ほ》れて惚れ抜いた、大事な恋女房なんですから」

佐助の大声に、弥一郎が眉《まゆ》をひそめる。

「何だ、あれは」

おせいが調理場から出てきて、弥一郎に頭を下げた。

「大工の佐助さんです。先月所帯を持ったばかりなんですよ。今日は少し酔いが深いみたいで。騒がしくて、すみません」

弥一郎はむすっと口をゆがめて、酒と飯を注文した。小上がりを見やりながら、風呂《ふろ》吹き大根と牡蠣雑炊を選ぶ。

弥一郎は杯を傾けながら、はなが立ち働く姿を目で追っていた。

「少しは慣れたようだな。新しい前掛も、違和を感じなくなってきた」

花唐草を散らした小豆《あずき》色の前掛は、おせいが作ってくれた。ほころびのない前掛を初めて着けた時は、これから江戸の店で働くのだという気概と少しの不安に、固めた拳《こぶし》が震えた。

「おれは惚れた女を泣かしたりしねえよ、うん」

佐助がまた大声でわめき出した。

「おれが懸命に働くのも、ちよに楽させてやりてえからだ。洒落《しやれ》た小袖《こそで》や簪《かんざし》を買ってやってさ、ちよを着飾らせて、雪見や花見に連れてってやりてえのよ」

「わかった、わかった、立派だよ。だから、ちいっと声を落としな」

権蔵がたしなめる声も、佐助の耳には入らない。

「いいか、はなさん。女ってのは、蝶《ちょう》や花やと褒めそやされて、真綿でくるむように大事に慈しまれてこそ、幸せじゃねえのかい。あんたみたいに都合のいい女になっちゃいけねえや」

「おい、はなちゃんに絡むのはやめろ」

権蔵が佐助の頭に拳骨《げんこつ》を落とした。

「いってえ！　何すんですか！　だいたい、その、良太って男がいけないんでしょう！　ふらっと立ち寄った村で、はなさんを騙《だま》して亭主面して、もてあそんで捨てたんでしょうが」

はなは作り笑いをしながら、泣きたくなった。

今日は厄日か。佐助とは前世からの悪縁でもあるのか、良太の悪口ばかり言われている。いったん話がそれても、しつこく言われ続ける。

はな自身、良太に会ったら激しく責めて罵《のの》りたい気持ちは当然ある。事と次第によっては、一発や二発ぶん殴って、思いっきり蹴《け》りを食らわせてやろうと思う。

だが、赤の他人から良太の悪口を聞くと、胸中は複雑だ。そんな男じゃないんだと、良太のいいところを並べ立ててかばいたくなる。良太を知りもしないくせに勝手に決めつけるなと、佐助を怒鳴りたくなる。

しかし、もとは、はなが広めた話だ。何を言われても、聞き流すのが賢明だろう。客と揉《も》め事になれば、喜楽屋の商売に響き、おせいにも迷惑をかける。作り笑いができなくなったと二階に逃げるのも無責任だ。しっかり働く約束で、喜楽屋に居候させてもらっているのだから。

佐助は拳骨された頭をさすりながら、ろれつの回らない文句をぶつぶつと続けた。はなは両手で両耳を押さえたくなる衝動をこらえ、佐助の言葉はすべて豪風に揺れる木々のざわめきだと思い込むよう努めた。

鎌倉の山里でも、風の強い日は木と木がこすれ合ってうるさかった。

ひょおぉっと吹き荒《すさ》ぶ悲鳴のような風の音に、ざんざんと葉がこすれ合う音、吹き飛んだ枝がどこかにぶつかる音――。

山ノ内村に一人で暮らしていた時も、嵐の日は数え切れぬほどあった。夜具に潜って不穏な夜をやり過ごせば、翌朝は見事にぴかんと晴れ渡っていたものだ。

佐助のわめき声は、天気が悪い日に心の不安をあおる不快な物音として聞き流そう――はなは床几や調理台の上を何度も拭《ふ》いて、心を平静に保とうとした。

「おれは、その、良太なんて甲斐性《かいしょう》なしとは違う。ちよを絶対、幸せにするぜ。はなさんみたいな目にゃ遭わせねえよ」

我慢、我慢。笑って辛抱していれば、いずれ夜が更けて店じまいになる。酔った客の雑言くらいあしらえなきゃ、喜楽屋の看板娘として名乗りを上げられないよと、はなは胸の内で呟《つぶや》いた。

「男ってのはよぉ、惚れた女を命懸けで守りきらなきゃならねえんだ。その良太ってのは、本物の男じゃねえよ」

「いい加減に黙れ。耳障りだ」

弥一郎の声がぴしりと響き渡る。大声ではないのに、刃物のように鋭く、佐助の言葉をさえぎった。

佐助はまだ物言いたげな顔をしていたが、弥一郎の腰の二刀に目を向けて、むむっと口を閉じた。さすがに武士の制止には逆らいきれぬ様子だ。

「佐助とやら、惚れて惚れ抜いた大事な恋女房がおるのであれば、なぜ女房のもとへ早く帰らぬ。女房のほうでも、仕事を終えた亭主の帰りを今か今かと待ちわびておるのではないのか」

静まり返った店の中で、権蔵が落ち着きなく目をさまよわせた。弥一郎の顔色を窺《うかが》いながら、佐助を肘《ひじ》でつつく。

「おい、お武家さまにご返答申し上げろ。なんで、おめえは早く帰らねえんだ」

佐助は黙っている。権蔵がもう一度肘でつついた。

「さっさとご返答申し上げねえか！」

佐助はかたくなに口をつぐみ続けている。権蔵は顎《あご》に手を当てた。

「考えてみりゃ、おかしいよな。ちよちゃんと一緒になってから、おめえは仕事が終わるとすっ飛んで長屋に帰ってたんだ。それが、今日は別の飯屋に入ろうとしてやがった。外で食うなら喜楽屋だろうって引っ張ってきたんだが」

権蔵の言葉に、金太が首をかしげる。

「別の飯屋に？　そりゃ何でだい。佐助さんもおいらと同じで、飯を食うなら絶対に喜楽屋だって言ってたじゃねえか」

鳩次郎が眉をひそめた。

「ははぁん。佐助、おまえさん、ちよちゃんと何かあったね？」

「ほう。先ほどからよその亭主をさんざん非難しておったが、おのれの家にも火種を抱えておったというわけか」

弥一郎が厳しい眼差《まなざ》しで佐助を睨《にら》みつける。

「消せぬ火種から目をそらすため、はなに八つ当たりか」

佐助は湯呑茶碗《ゆのみぢゃわん》に酒を注ぎ足そうとしたが、ちろりも空だった。一滴ぽとりと落ちたしずくに顔をしかめて、佐助はちろりを床に置く。

「別に、火種なんざありゃしませんよ。女房がいたって、外で飯ぐらい食います」

「では、なぜ早く帰らぬ。器はとっくに空になっておるぞ。ここに長居したいわけは何だ」

「わけなんか――」

佐助は何かにあらがうように首を横に振ってから、観念した顔つきで目を閉じて、大きく息を吐いた。

「葱《ねぎ》ですよ」

ぽつりと呟いて、佐助はうなだれた。

「葱ぃ!?」

店内の一同が叫んで、佐助を凝視した。

「葱って、あれか？　味噌汁《みそしる》に入れたり、鍋《なべ》に入れたりする、あの長くて白いやつ」

権蔵に顔を覗《のぞ》き込まれた佐助は、そっぽを向きながらうなずいた。

「おれは葱が大っ嫌いなんです。けど、ちよは葱が大好きで。だから、うちの飯には毎日必ず、葱がたっぷり出てくるんですよ」

「確かに、おめえは店で飯を食う時、いつも葱を抜いてもらってたな。けど、おめえ、そんなことで帰らねえなんて――」

権蔵は啞然《あぜん》とした顔で、佐助を見つめ続ける。

「そんなことってのは百も承知、二百も合点ですよ。でもねえ、毎日毎日、嫌いな葱を食べ続けなきゃならねえのは、やっぱりつらいんです。葱は青くせえし、たまにぬめついてるし、嚙《か》んでもなかなか嚙み切れねえ日にゃあ、もう――」

切羽詰まった佐助の声は、涙ぐんでいるようにも聞こえた。

「おいら、我慢のし過ぎはよくねえと思うな。ちよさんに、葱は嫌いだ、勘弁してくれって言えばいいんじゃねえのかい。店で言ってるみたいにさ」

金太の言葉に、権蔵も大きくうなずく。

「そうだぜ。誰にだって、好き嫌いのひとつやふたつあるってもんだ」

佐助は力なく首を横に振った。

「夫婦《めおと》になって初めてちよが作ってくれた味噌汁に、葱が入ってたんですよ。それを美味《おい》しいかいって聞かれて、つい、ああ美味《うま》いよって言っちまって」

権蔵は眉尻《まゆじり》を下げて唸《うな》った。

「それで我慢して食べたのか」

「不味《まず》いって吐き出せますか？」

「できねえな」

「そうでしょう。美味い、美味いって、笑いながら残さず食べきりましたよ。そうしたら、次の日からずっと葱三昧《ねぎざんまい》で」

「馬鹿だな、おめえは！　笑いながら食っちまうからいけねえんだろうが！」

「だって、無理して笑わなきゃ、しかめっ面になって、不味いって本音が出そうだったんですよ」

「嘘なんかつくからいけねえんだよ」

「味噌汁の中身が気に入らねえっていちいち文句つけるなんざぁ、男らしくねえでしょう。それに、おれの口に合うかどうか気にして、心配そうに美味しいかいって聞かれりゃあ、美味いよって答えたくなるじゃありませんか」

「まあ、そりゃな——惚《ほ》れた女がてめえのために作ってくれた飯に、けちつけたかねえわな」

「そうでしょう。今さら葱が嫌いだなんて言えませんや」

佐助と権蔵はうなずき合って、肩を落とした。

「でも、本当のことを言わなきゃ、いつまでも葱三昧は続くわよ」

おせいが優しく諭す。

「一生ずっと隠し通せるものならいいけれど、このままじゃ、夫婦の仲を葱に引き裂かれてしまうわ」

「でも、ちよは葱が大好きなんですよ。ちよに好物を我慢させるなんてできません。それに、好きな物を嫌いと言われりゃ、誰だって癪《しゃく》に障るじゃありませんか」

「葱を悪く言わなきゃいいのよ。佐助さんが苦手で食べられないから、佐助さんの分だけ葱を入れないでくれって頼めば、ちよさんは好物を我慢しなくて済むわ」

「葱ごときが食えねえなんて、ちいせえ男だと思われちまいます」

佐助は胡坐《あぐら》をかいた膝《ひざ》の上で拳《こぶし》を固めた。

「だから、おれは好物の牡蠣《かき》鍋や鱈《たら》鍋に葱がたっぷり入ってた時だって、残さずに全部食ったんだ。じっくり味わえねえなんて何のための好物だよって思いながらも、ちよがにこにこ笑って、千住の葱はやっぱり美味しいねえって嬉《うれ》しそうに言うから」

佐助の拳が小刻みに震える。

「葱なんかに――葱なんかに負けてたまるかってんですよ」

小上がりの一同は顔を見合わせ、駄目だこりゃと言いたげに首を横に振った。

弥一郎が鼻で笑う。

「すでに負けておるではないか。外の飯に逃げ、泣き言をこぼしておる。じゅうぶん小さい男だ」

佐助はぐぅと喉《のど》を鳴らして前のめりになり、床に手をついた。

小上がりの一同がひそひそとささやき合う。

「お武家さまのおっしゃることはごもっとも過ぎて、返す言葉がねえや」

「葱に負けた男なんて、東海道を旅する海老《えび》よりまぬけだよ。わたしも描きたくないねえ」

「ああ、きっついなぁ……おいら、はたで聞いてるだけなのに、まるで自分が言われたみたいに胸が痛くなるや」

四《よ》つん這《ば》いで打ちひしがれる佐助は哀れだが、はなは少しうらやましい気もした。

佐助は常に、ちよの心を気にしている。ちよのためによかれと思うからこそ、嘘をついて我慢しているのだ。確かに褒められたやり方ではないが、佐助が心底から本気でちよに惚れているのだと伝わってくる。

良太は、はなの心を気にしてくれていただろうか。

はなは良太が作ってくれる物を何でも美味いと喜んで食べていたが、そこにどれだけ良太の愛情がこもっていただろうか。愛情はたっぷりあると信じていたが、愛があっても、男は突然姿を消してしまうものなのか。

一人残されたはなの気持ちは、救われないまま、不安に揺れる。

はなには良太の本音がわからない。

良太の好物は何だったのか。嫌いな食べ物は何だったのか。美味いと笑って食べていた山ノ内村の飯を、良太は本当に美味いと思っていたのだろうか。

美味いと言った良太の声の調子、笑った顔の目や口の様子——思い出そうとすればするほど、はなはますますわからなくなる。

「食の好みは、すれ違いのもとになりかねぬ。即刻帰って、打ち明けるべきだな」

弥一郎の忠告に、小上がりの一同がうなずいた。

「お武家さまのおっしゃる通りだぜ。長引けば長引くほどいけねえや」

「そうだよ。ここは意地の張りどころじゃないよ」

「頑張って打ち明けてきな！」

佐助は、すくっと立ち上がった。

「うるせえっ」

通りに突き抜けるほどの大声で、佐助は叫んだ。

「やいのやいのと、やかましいったらありゃしねえ！　今さらだって言ってんだろうが！」

佐助は懐から巾着《きんちゃく》を取り出すと、勘定を床に叩《たた》きつけるように置いて、店を飛び出していった。

「佐助のやつ、まったく素直じゃねえんだからよお」

「ちよさんに八つ当たりしねえか、おいら心配だぜ」

「それは大丈夫だよ。わたしが見たところ、佐助は女房の尻《しり》に敷かれるのがお好きなようだからね」

佐助が後ろ手で閉めた店の戸は少し開いている。隙間風が入り込んできて、はなの首筋をひゅっと冷やした。

それを合図としたかのように、小上がりの連中が立ち上がる。

「ごちそうさん。また来るぜ」

一斉に客が帰ると、店の中は急に、寂しいほど静まり返った。弥一郎が飯を食べ続ける箸《はし》の音だけが、かすかに響き渡る。

「もうひとつ、くれ」

弥一郎が風呂《ふろ》吹き大根の器をはなに突き出す。はなはすぐにお代わりをよそった。

柚子味噌《ゆずみそ》のにおいが鼻をつついて、はなの心をかき乱す。

良太と一緒に食べた柚子醤油《しょうゆ》じゃない。けれど、味噌の中からわずかに漂ってくる柚子の香りが、つんと心を刺して良太を思い出させる。

良太と一緒に風呂吹き大根を食べる日は、またくるのだろうか……。

「おい、まだか」

弥一郎のいら立った声に、はなは我に返った。

「すみません。すぐお持ちします」

はなは味噌のにおいに気を集め、今は良太から心を引き離そうと努めた。ぼやっと腑《ふ》抜けていては、客商売など勤まらぬ。


翌朝、はなが店の前を掃き清めていると、八百屋の八兵衛が葱《ねぎ》を背負って現れた。

「千住から、いい葱が入ってきたんだよ」

「はあ、葱ですか……」

八兵衛はくるりと体を回して、背中の籠《かご》をはなに見せた。まっすぐしゃきっと伸びた葱が籠の中いっぱいに立てられている。

「すごい。こんなにたくさん」

「千住の葱を待ってる上得意先が何軒かあってね。だけど、そっちへ行く前に、まずは喜楽屋に持っていかなきゃと思ってさ」

店の土間に籠を下ろすと、八兵衛は葱をひと抱え束にして、はなに渡した。葱についていた泥がぱらりと土間に落ちる。

「泥つきのまま、どっかに土掘って埋めときゃ長持ちするよ。埋めないなら、日陰に立てて置いときな」

葱に顔を寄せると、少々青くさいにおいが、ぷうんと鼻先に広がる。はなが鼻をひくひく動かすと、八兵衛が笑った。

「おれは葱のにおいが大好きなんだよなあ。煮ても焼いても美味《うま》い葱を、どうやって食おうかと考えながらにおい嗅《か》いでるだけで、飯が三杯は食えそうだぜ」

はなは葱をじいっと見つめた。

「葱のにおいが嫌いな人もいますよね。ぬめりとか、歯ごたえとか」

「うん、まあ、青物の中でも葱はちょっと嫌っていう人はいるね。おれは好きだけど」

「どうしたら好きになれるんでしょうか」

「何だい、はなちゃん、葱が嫌いかい」

「いえ、あたしじゃなくて」

はなは調理場に葱を置いて、佐助の葱騒動を八兵衛に話した。

「ははあ、なるほど。葱の辛みが苦手ってんなら、火を通せば消えるし、薬味にするんでもさっと水に晒《さら》しときゃ減るけど。においも、歯ごたえも、何もかも嫌ってんならどうしようもないな」

八兵衛は首をひねった。

「細かく刻んだ葱を鰯《いわし》のつみれに混ぜたりしても、佐助は嫌がるかねえ。葱を好きなちょちゃんにとっちゃ、刻み葱だけじゃ物足りないかなあ」

八兵衛は調理場の葱を悲しそうに見た。

「葱は本当に美味いんだけどなあ。邪気払いに葱をいっぱい食えば、夫婦仲も円満になりそうじゃないか」

「葱って、邪気払いになるんですか？」

「そうさ。葱のにおいが魔よけになるっていう言い伝えがあってな。だから、橋の欄干についてる飾りの擬宝珠《ぎぼし》も、魔よけのために葱坊主をかたどったって説があるんだよ」

はなが感心して見つめると、八兵衛は得意げに胸をそらした。

「葱を食べると体があったまって、疲れも取れるから、風邪を引いた時には欠かせない青物だよ。上物《じょうもの》の葱を食べないやつがいるなんて、もったいない」

「千住の葱は有名なんですか？」

「うん。千住のやっちゃ場に集められる葱を千住葱と呼んだりするんだが、あそこにはよく、いい葱が集まってくるんだ。上方で好まれる青い葉葱と違って、江戸で好まれる白い根深葱でな」

「土寄せをして、根を深く植え込むようにして育てるんですよね。土で隠れた根元の白いところが、やわらかく長くなるように」

「おっ、はなちゃん、よく知ってるじゃねえか」

「鎌倉の山里で畑をやって暮らしてたんです。あたしは大根を作ってました」

「そうだったのかい」

八兵衛は目を細めて、しみじみとはなを見つめた。

「青物に関わる者はみんな、おれの仲間だ。力になれることがあったら、遠慮なく言ってくれ」

八兵衛は籠から葱を五、六本取り出して、はなに渡した。

「慣れない江戸の暮らしで、疲れも出るだろう。これは、はなちゃんにやるから。千住葱食べて頑張りな」

「あ、ありがとうございます」

「いいってことよ。じゃあ、またな」

八兵衛は籠を背負い直すと、片手を挙げて立ち去った。

入れ替わるように、今度は半袴《はんばかま》姿の弥一郎が店に入ってきた。はなはもらった葱を調理場に置いて、手についた泥を払う。

「いらっしゃいませ。まだ店を開けるには早過ぎますけど、今日は何かあったんですか？　あたしの働きぶりを確かめにいらっしゃるのは、いつも夜でしたよね」

弥一郎は、むっと眉間《みけん》にしわを寄せた。

「おれは、おまえの目付役だからな。朝晩を問わず、いつでも様子を見に来るぞ。油断するな」

「油断も何も――いつでも、どうぞ」

弥一郎は店の奥を見やった。

「おせいはどうした」

「裏の井戸に行ってますけど、もうすぐ戻ると思います」

弥一郎はうなずくと、着物の袖《そで》から蜜柑《みかん》をふたつ取り出した。

よく熟れた小ぶりの実が艶々《つやつや》と、昇りたての朝日を閉じ込めたような美しさで輝いている。

「わぁ、綺麗《きれい》」

はなは蜜柑に顔を寄せた。

「近い。離れろ」

弥一郎は咳払《せきばら》いをして一歩下がりながら、手の中の蜜柑をはなに渡す。

「おせいと食べるがよい」

「いいんですか？」

はなは受け取ったふたつの蜜柑を落とさぬよう、そっと大事に両手で持った。しっとりした蜜柑の皮の手触りが心地よい。

「苦心して育てた紀州《きしゅう》蜜柑だ。心して食せよ」

「えっ、弥一郎さまが育てたんですか!?　江戸で蜜柑が冬越しできるんですか」

「柚子《ゆず》とは違うのだ。寒さにやられてしまう恐れが高いであろうな」

「じゃあ、どうやって」

「鉢で育てた」

「蜜柑の鉢植えですか！」

「日中は鉢を外に出し、よく日の光に当て、日が暮れて冷えてきたら、鉢を家の中に入れるのだ。若苗の頃は暖室《むろ》に入れたりもしてな」

「それにしたって、よく見事に実がなりましたね」

「鉢物ゆえ、実の数に限りはある。おれ一人で味を試すには、じゅうぶんだが」

「その限りある蜜柑を、あたしにも分けてくださるんですか」

弥一郎は眉《まゆ》をひそめた。

「一人ひとつだ。おせいの分まで食ってはならぬぞ」

「わかってますよ。そんなの当たり前です」

はなはそっぽを向いた。むかっとした勢いで蜜柑を握り潰《つぶ》さぬよう気をつける。

「まあ、綺麗な蜜柑だこと」

おせいが裏から戻ってきた。

「弥一郎さまにいただきました。あたしとおせいさんに、ひとつずつです」

「ありがとうございます。わざわざお持ちいただいて」

おせいが弥一郎に頭を下げる。

「二人で焼いて食え」

「あら、弥一郎さまもご一緒に焼き蜜柑をどうぞ」

「おれはよい。御薬園の長屋に帰れば、まだ実が残っておる。すぐに帰るゆえ」

「お茶ぐらい飲んでいらしてくださいな。はなちゃんを心配していらしてくださったのに、すぐお帰りだなんて」

「えっ」

　はなは弥一郎の顔をまじまじと見つめた。

「夕べ、はなちゃんが佐助さんに絡まれたから、心配して顔を見にいらしたんでしょう？」

　おせいの言葉に、弥一郎は慌てた顔で首を横に振った。

「別に、何も心配などしておらぬ」

　おせいは肩をすくめながらはなに笑みを投げると、火鉢の上のやかんをどかして焼き網を載せ、網の上にふたつの蜜柑を置いた。

「さ、弥一郎さま、お座りください。はなちゃんは、お茶をお願い」

　はなは茶を淹《い》れ、土間の床几《しょうぎ》まで運んだ。弥一郎は渋々といった顔で床几に腰を下ろす。

「あ、そうだ。さっき、八兵衛さんが千住葱《ねぎ》を持ってきてくれました。お店で使う分とは別に五、六本くれて、あたしとおせいさんで食べなって。葱を食べると体があったまって疲れも取れるから、風邪を引いた時には欠かせないって言ってました」

　弥一郎の眉がぴくりと動く。

　おせいは蜜柑の焼き具合を見ながら、調理場の葱にちらりと目をやり、弥一郎に笑いかけた。

「葱もそうですけど、蜜柑も風邪や疲れに効くと、以前、弥一郎さまに教えていただきましたよね。蜜柑の皮を干したものを陳皮《ちんぴ》といって、薬用にするって。陳皮は、七色唐辛子にも入っているんですよね」

　弥一郎は無言でうなずき、茶をすすった。

　おせいは蜜柑に目を戻し、ひっくり返して焦げ具合を確かめる。

「葱もいいけど、冬はやっぱり焼き蜜柑ですよねえ。火であぶった熱々の蜜柑を食べるのが、わたしの冬の楽しみのひとつなんです」

　はなは好奇の眼差《まなざ》しを火鉢の上の蜜柑に向けた。

「あたし、焼き蜜柑って初めてです。聞いたことはあるんですけど。山ノ内村の冬は、大根とか芋とかばっかりで」

「そう、よかったわね」

　ほんのり焦げたにおいが漂ってきたところで、おせいは火鉢から蜜柑を下ろした。

はなは皿に載せたふたつの焼き蜜柑を受け取り、まじまじと見つめた。

あちこちに焦げ目がついているが、丸焦げというほどではない。ほのかに、焼いたさつま芋のようなにおいがする。

「早く持ってこい」

急《せ》かされて床几へ運ぶと、弥一郎が皮をむいて、中の実をはなに渡した。

「わ、あったかい」

焦げた皮が少しこびりついているが、実の色は美しいままだ。皮の中までは焦げていない。

「皮ごと食べたほうが、皮の効能と実の効能を両方とも体に取り込めるが、焦げた皮が食べづらいという者もおる。まずは実だけ食べてみろ」

はなは実を半分に割った。片方を弥一郎に差し出す。

「おれはよいと申したであろう。小さな実ひとつで、大食いのおまえが満足するはずもない」

「あたしは確かに大食いですが、意地汚く独り占めするつもりはありません。美味《おい》しい物は、みんなで食べるから美味しいんです。さあ、どうぞ」

おせいにも促され、弥一郎は不本意そうな顔をしながら焼き蜜柑を手に取った。

はなは半分に割った焼き蜜柑のひと房を取り、口に入れてみる。

「んーっ！」

はなは目を見開いた。

嚙《か》んだとたん、房の中から温かく甘い汁がどばっと溢《あふ》れ出てきた。口の中が濃い蜜柑《みかん》の味でいっぱいになる。ごくんと飲み込んで、はなはもうひと房、もうふた房と、焼き蜜柑を食べた。

「何ですか、これ。すごく贅沢《ぜいたく》な甘い汁って感じ……」

おせいが、ふふっと笑って目を細める。

「ね、くせになりそうでしょう？」

はなは焼き蜜柑を嚙みながら大きくうなずいた。

弥一郎も不本意そうな顔を崩して、はなに渡された焼き蜜柑をひと房口に運ぶ。

「冬に冷えた蜜柑を食べれば、体も冷やす。ゆえに、冬は焼き蜜柑のほうがよいのだ。江戸の者はみな、そうしておる」

「へえ」

はなは最後のひと房を未練がましい目で眺めてから、ぱくっと口に入れた。

「焼いた蜜柑を熱い湯に入れ、潰して作った汁を飲んでも風邪によい。蜜柑の皮を干して乾かし、陳皮を作り置きしておいても便利だぞ。煎《せん》じて飲めば、咳《せき》止めや痰《たん》切りに効く他、吐き気を止める作用もある」

「さすが、御薬園にお勤めの弥一郎さまは、よくご存じですねえ」

はなは感心しきった目で弥一郎を見た。弥一郎は、むっと顔をしかめる。

「当然であろう。陳皮ぐらい知らなくて、どうする。おれは、かつて採薬師として諸国を巡ったこともあるのだぞ」

はなは小首をかしげた。

「よくわかっておらぬ様子だな。採薬師とは、野山を巡り、薬草などを採取する任に就いている者のことだ」

「薬草を採るために、わざわざ諸国を巡るんですか？」

「北や南では、江戸にない薬草が入手できるからな。長崎などでは、異国から入ってきた珍しい物もある」

「へえ、異国の薬草を見たことがあるんですか！　弥一郎さま、すごい！」

弥一郎の耳がわずかに赤くなった。

「あれ、もしかして、照れていらっしゃいますか？」

「ばっ――馬鹿を申すな！」

弥一郎は顔をそむけて、蜜柑にがぶりと食いついた。

すでに食べ終えているはなに、おせいが焼き蜜柑を半分差し出す。

「はい、わたしとも半分こ」

「えっ、でも」

「もらっておけ。おまえが遠慮などすれば、江戸に大雪が降るやもしれぬ」

いまいましそうな弥一郎の声など、はなの耳にはたいして入らない。焼き蜜柑を前に、固辞する気力など微塵《みじん》も湧かなかった。はなは素直に、おせいから蜜柑を受け取る。

「じゃあ、いただきます」

はなは焼き蜜柑を嚙みしめて、口の中に広がる甘さを抱きしめるように味わった。ほっと体の力が抜けて、心が優しく凪《な》いでいく。目を閉じると、行ったことも見たこともない蜜柑畑の中にたたずんでいるような心地になった。

はなが焼き蜜柑の甘さに浸っていると、弥一郎が突然立ち上がった。険しい目をして戸口に向かう。

弥一郎が素早く戸を引き開けると、怯《おび》えたように立ちすくむ一人の若い女がいた。

「何者だ。なぜ、この店を窺《うかが》っておった」

問い詰める弥一郎の低い声に、女は口元を震わせた。

「あ、あたし、おせいって女の顔を見てみたくて」

「おせいに何の用だ」

「うちの亭主の佐助をどうする気なのか、聞いてやりたいんですよっ」

べそ泣き声で拳《こぶし》を握り固める女を、はなは思わず指差した。

「あんた、ちよさん⁉」

はなが大声で叫ぶと、女はびくりと身を縮めた。はなが一歩前へ出ると、女は一歩あとずさり、身をひるがえして逃げていく。

「待って！」

はなは店を飛び出し、女を追いかけた。


女は須田町から多町へ向かって駆けていく。猛烈な勢いで通りを曲がり、あちこちぐるりと回りながら、はなを撒《ま》くつもりらしい。

「おっと、危ねえ！」

「何やってんだ！　気をつけろぃ！」

通りを行き交う棒手振《ぼてふり》たちの脇をすり抜け、女は勝手知ったる足取りで走り続けた。あと少しで袖《そで》をつかめるところまで追いつくと、さっと向きを変え、人波を盾に逃げていく。

足腰の強さなら、はなも負けない。だが、町を走るのに慣れていない体が人混みを怖がって、女が身をひるがえすたびに足を一瞬止めてしまう。

また武士にぶつかったらどうしよう——そんな怯えが、はなの頭の隅にこびりついていた。

きっと女は、多町の先にある竪大工町の長屋へ逃げ帰るつもりなのだろうと、はなは思った。先回りしてやろうかとはなが考えた時、女は突然また向きを変えて、今駆けてきた道を怒濤《どとう》のごとく戻っていく。

女は走りながら、ちらりと振り返った。はなを気にしている。引き離されるものかと、はなは女を追い続けた。

やがて神田川のほとりへ出て、女は力つきた。よろめく足を止め、肩で大きく息をつきながら振り返る。悔しそうに顔をゆがめていた。

「あんた、ちよさんでしょう？」

はなは乱れた息を整えながら歩み寄った。

女はもう逃げる素振りも見せない。ぜいぜいと苦しそうに胸を上下させながら、ただうなずいた。

しばらくすると、ちよは泣きそうな目ではなをじっと見て、かすれ声を出した。

「あんたが、おせいさんかい？」

「まさか！　あたしは、はなっていうんだ。あたしみたいな田舎の山育ちがおせいさんと間違われたんじゃ、喜楽屋のお客さんたちが怒っちゃうよ」

「山育ち――どうりで、足が速いと思った。息もたいして乱れてないし」

「まあね。そこらの町育ちには負けないよ」

ちよは初めて小さな笑みを見せた。

「あたし、馬鹿みたいだねえ。あと先考えずに、のこのこ店まで行っちまってさ」

「大丈夫。あと先考えないで動くんなら、あたしも負けてないよ。けど、ねえ、何か誤解があるみたいだよ」

ちよは小首をかしげて、はなと目を合わせた。はなは安心させるように、にっこり笑う。

「佐助さんとおせいさんの仲を怪しんでるような口ぶりだったけど、そんなの絶対ありえないって。佐助さん、夕べ店に来たけど、ちよは惚《ほ》れて惚れ抜いた大事な恋女房なんだって言ってたよ」

「う、嘘」

ちよは頬を真っ赤に染めて、首を横に振った。

「嘘じゃないよ。居合わせたお客さんみんなに聞けばわかるから。同じ大工の権蔵さんも店にいたよ」

ちよは胸に手を当て、深く息を吐いた。

「権蔵さんじゃないけど、同じ棟梁《とうりょう》についてる大工の男が、喜楽屋の女将《おかみ》みたいな美人は見たことがないって話してたんだ。そしたら、その男のおかみさんが、喜楽屋のおせいは男をたぶらかす性悪女に違いないって」

はなは首を横に振って、ちよの両腕をつかんだ。

「それは違う。おせいさんは、いい人だよ。つるっつるの白い柔肌《やわはだ》で、まるで天女みたいに綺麗《きれい》な人だから、ぽーっとのぼせ上がっちゃう男がいるかもしれないけど。でも、おせいさんは男に媚《こ》びたりしない。優しくて、何だか可愛らしい人なんだ」

さっきだって、おせいは焼き蜜柑をはなと半分こしてくれた。男に媚びる女だったら、はなではなく、弥一郎に流し目で蜜柑を差し出していただろう。

「だって、大工のおかみさんが言ってたよ。喜楽屋に通う男どもはみんな、おせいが目当てだって。わりない仲の男が何人いるか、わかりゃしないって。でなけりゃ、おせいの亭主が死んだあとも、女一人で店を繁盛させていけるはずがないってさ」

ちよの目から涙が一粒ぽろりと落ちる。

「喜楽屋は、飯じゃなく、おせいの体で繁盛してるんだって。佐助も悪い女に溺《おぼ》れちまって、そのうち長屋に帰らなくなるかもしれない。ひと晩が、ふた晩になり、朝から晩まで家で飯も食わなくなるよって言われて、あたし――」

「そんなはずない！」

ちよの言葉をさえぎって、はなは叫んだ。

「みんなが喜楽屋に集まるのは、おせいさんの作る飯が美味《うま》いからだよ。みんなで食べる飯が美味いからだよ。おせいさんは、その大工仲間のおかみさんが言うような人じゃないよっ」

はなは喉《のど》が痛むほど大声を張り上げた。

「寝起きをともにして、店でもずっと一緒にいるあたしが言うんだから、間違いないよ！　信じな！　おせいさんの作る物は、あったかいんだ。優しくて、心に沁《し》みるんだよ。だから、みんな食べたがるんだ！」

はなは初めて喜楽屋の二階で食べた、鰯《いわし》のつみれ汁を思い返した。風呂《ふろ》吹き大根を頬張る金太や鳩次郎たち、店の馴《な》染《じ》み客の笑顔を思い浮かべた。

ちよは悔しそうに頭《かぶり》を振った。

「でも、あたしだって――心を込めて、毎日あったかい葱《ねぎ》の汁や鍋《なべ》を作ってるのに」

葱。それが問題である。

はなは口を開きかけて、やめた。佐助が必死で隠している嘘を、はなが曝露《ばくろ》してよいはずがない。

「何だ、女同士の喧嘩《けんか》か」

「もう終わったのかい」

はっと気づけば、辺りに人だかりができていた。川べりを歩く人々が、呆《あき》れ返った眼差《まなざ》しを向けてくる。

「ちょっと場所を変えようか」

左へ行けば、筋違《すじかい》橋のたもとにある八《や》ツ小路《こうじ》へ出る。右へしばらく行けば、神田川が大川に流れ入る場所へ着き、柳橋や両国橋のたもとの盛り場に出る。

ちよの腕を引っ張って、はなは柳橋のほうへ足を向けた。

両国の盛り場まで出るつもりはないが、神田川に沿う柳原《やなぎはら》土手をぶらりと歩けば、気分も晴れる気がした。

柳原土手には、葦簀《よしず》囲いの古着屋や、古道具屋がずらりと床店を並べている。店先に吊《つ》るされた色とりどりの古い着物を眺めながら、はなは神田川を渡る風に吹かれた。

高く昇ってきた日が土手道をぽかぽか照らしているので寒くない。ちよを追いかけ回したあとなので、火照った体を冷ます風が心地よいくらいだ。

はなは立ち止まり、ぐるりと辺りを見回した。

土手に並んで植えられた、風にそよぐ柳の木。古着屋を冷やかす人々。

昼間は賑《にぎ》やかな柳原土手だが、日が暮れると古着屋は店をたたんで帰り、人通りもぱったり途絶えるという。夜鷹《よたか》が出る物寂しい場所になるので、暗くなってからは決して近寄らぬよう、おせいと弥一郎から言われている。

女の身、しかも居候の分際で夜にひょこひょこ出歩く気など毛頭ないが、江戸の怖さを頭に入れておくのは大事だと、はなは二人の忠告をおとなしく聞いていた。

「うちの佐助は、店でどんな様子だった?」

ちよが遠慮がちに聞いてきた。辺りの喧騒《けんそう》にぼんやり気を取られていたはなは、ちよに向き直る。

「夕べは、お酒をたくさん飲んでたね。あたしは喜楽屋で働き始めてまだ日が浅いから、佐助さんと会ったのは昨日が初めてだった。だから、いつもの佐助さんがどれくらいお酒を飲むのかわからないけど」

「そう。……あの人、うちではあんまり飲まないんだけど」

ちよは川風に吹かれながら乱れた髪を撫《な》でつけた。

「一緒に暮らし始めてから、佐助は毎日、仕事が終わるとすっ飛んで帰ってきてくれたよ。夜遅かったのは、夕べが初めてさ」

ちよは簪《かんざし》にそっと手をやった。鮮やかな赤い飾り玉がついている。

「よく色づいた南天の実みたいだね」

ちよは目を伏せて、少し照れたように口角を上げた。

「佐助も、そう言ってた。南天は難を転ずる魔よけの木だから、南天の実に似た簪を身につけてりゃ、悪いことなんか起こりゃしないって。この簪、佐助が買ってくれたんだよ」

「ちよさん、大事にされてるじゃない。それなのにどうして、おせいさんと佐助さんの仲を疑ったりしたの」

「遅く帰ってきたのは夕べが初めてだけど、ここんとこ何だか様子がおかしかったんだよ。美味い、美味いって飯を食いながら、心ここにあらずって顔でさ」

「心ここにあらずで食べてるって……ちなみに、何を食べてたの？」

「何って――佐助の好物の葱だよ」

「佐助さんの好物の葱!?」

「ああ、そうさ。好物の葱を食ってるってのに、ぼけーっと元気がないから、こりゃ何かあるに違いないと思ったんだよ」

「はあ、なるほど……で、葱ってのは、ちよさんの好物でもあるんだよね？」

「いや、あたしは別に」

「えっ――ちよさんは葱が好きじゃないの!?」

「好きも嫌いもないよ。あれば食べるし、なきゃないで構わないし」

「なくても構わないの!?」

「葱を買い忘れたからって、わざわざ八百屋に走るもんでもないねえ。次に振り売りが来るのを待てばいいだけのことさ。けど、亭主の好物だから、うちじゃ切らさないようにしてるんだよ」

ちよは得意げに胸を張った。はなは頭を抱えたくなる。

弥一郎が言った通りだった。食の好みは、すれ違いのもとになりかねない。

しかし、思っていたのとは違うすれ違い方をしている。

みんなに忠告されてすぐ佐助が真実を打ち明けていたら、ちよも佐助も思い悩む事態にはならなかったのに。

「ちよさんは、いつ佐助さんの好物を知ったの？　佐助さんが、葱を好きだって言ってた？」

「いつ知ったかって、そんなの暮らし始めた日からわかってるよ。夫婦になって初めて作った味噌汁《みそしる》に、たまたま葱を入れたら、もう美味い美味いって、にっこにこ笑いながら、あっという間にぺろりと平らげちゃって」

ちよが嬉《うれ》しそうに笑った。

「あの食べっぷりを見たら、誰だって、佐助の葱好きがわかるってもんさ。鍋物《なべもの》にした時だって、牡蠣《かき》や鱈《たら》と一緒に葱をぎゅーっと嚙《か》みしめて、にこにこ嬉しそうに笑ってさ。葱で幸せになれるんなら安いもんさ。毎日だって食べさせてやるよ」

「あっ、そう――そうなんだ、へえ――」

はなも笑うしかない。

すぐ横を通り過ぎていく男たちからも大きな笑い声が上がった。はなが思わず振り返ると、裕福な隠居ふうの男たちが「嘘、嘘」と言いながら笑い合っている。

「夜釣りの獲物をすべて川うそに盗《と》られたなんて、見えすいた嘘をつかずともよいではありませんか。どうせ一匹も釣れなかったんでしょう」

「いや、本当ですって。大きな川うそが魚をくわえて逃げようとするから、私は取り返そうと、川うその前に立ちはだかったんです。そうしたら、茂みからもう一匹川うそが出てきて、魚を入れたびくごと持っていってしまったんですよ」

「二匹の川うそが助け合って魚を盗んだなんて、そんな嘘」

「嘘じゃありませんってば」

はなの耳は、遠ざかる男たちの「嘘」という言葉を過敏に拾った。

佐助のついた嘘に、ちよはまったく気づいていない。佐助の葱嫌いを、ちよにどうやって気づかせるか。ちよが気づかぬままであれば、二人の仲は本当に葱に引き裂かれかねない。

「とにかく、喜楽屋へ戻ろう。おせいさんも、きっと心配してるよ」

ちよは首を横に振った。

「みっともなくて、顔なんか出せないよ」

「大丈夫。ちよさんも、おせいさんと話せばわかるよ。あの人は、男も女も関係なく、みんなをあったかく包んでくれる人なんだ。おせいさんを性悪女って言ってたおかみさんにも、ちゃんと正しく伝えてほしいよ」

「でも……」

ちよは戸惑う目を土手の柳に向けた。迷う心の行き先を、柳に問いかけているように見える。

土手の柳がそよそよと風に揺れた。喜楽屋へ行けと、ちよの背中を押しているのだろうか。ちよは決めかねているような顔で、いつまでも柳を見つめ続けている。

「ほら、行くよ」

はなは、ちよの手首をつかんだ。柳があと押ししないなら、はなが引っ張っていくまでだ。少々強引に引っ張っても、ちよは拒まずついて来る。

初めは遅れ気味だったちよの足取りも、次第にしゃんと力強くなり、川を離れる頃には、ちよも背筋を伸ばしてはなの隣を歩いていた。

喜楽屋の暖簾《のれん》をくぐると、弥一郎が仏頂面で床几《しょうぎ》に座っていた。

「遅い」

「すみません。弥一郎さま、待っていてくださったんですか？」

「おまえが何かしでかせば、おせいに迷惑がかかるからな。おれは目付役として、事の顚末《てんまつ》を見届けねばならぬ」

ちよは戸口に突っ立って、もじもじと目線を土間にさまよわせた。おせいが優しく笑いかけ、小上がりに茶を置く。

「どうぞ温まってくださいな」

ちよは腹をくくったような顔でうなずき、おせいの前に立った。

「先ほどは申し訳ございませんでした。ちょいと耳に入ったくだらぬ話で頭にかーっと血が上り、短気は損気と気を静める間もなく突っ走ってきてしまいまして」

深々と頭を下げるちよに、おせいは笑いながら茶を勧めた。

「佐助をどうする気なのか聞きたいって言ってましたけど、ちょいと耳に入ったくだらぬ話って、ひょっとして、喜楽屋の女将《おかみ》は体で商売してるって噂話でしょうか」

はなは目を見開いた。

「おせいさん、知って――」

「女一人で店をやってると、いろいろ言われちゃったりするのよねえ。でも、わかる人は、わかってくれるし。きっと、お天道さまも見ていてくれるから、なるべく気にしないようにしてるの」

ちよが心底から申し訳なさそうにうなだれる。

「あたし――つい真に受けちまって」

おせいは笑って首を横に振った。

「いいんですよ。ちよさんの気持ちはよくわかります。おかしな噂のある女の店に、惚《ほ》れた亭主が出入りすれば、誰だって気になりますよ。わたしだって、相当な焼き餅《もち》焼きだったんですからね」

ちよは顔を上げて、おせいを見た。

「わたし、今でも死んだ亭主に惚れてるんです。この想いだけは、誰にも負けないの。だから、どんなに悪い噂を立てられたって、頑張ってこられた。あの人も、あの世から見ていてくれるはずだから。くじけていられないですよ」

おせいは迷いのない目で、きっぱりと言い切った。ちよの肩から力が抜けていく。

「あたしも、佐助を想う気持ちは、誰にも負けないはずだったのに……それなのに、ちょっとしたことで気弱になって、不安に負けて。どうして、佐助を信じて、笑い飛ばせなかったんだろう」

おせいはそっと手を引いて、ちよを小上がりに座らせた。

「人を本気で好きになると、弱い自分がひょっこり表に顔を出すのよね」

ちよは黙ってうなずいた。はなも大きくうなずく。

あたしも良太さんを好きになってから、弱虫になった気がする――はなは胸の内で呟《つぶや》いた。

良太と出会う前は、泣かないよう歯を食い縛って頑張れた。けれど良太がいなくなってからは、少し涙もろくなった気がする。

本当に、良太を捜し出せるのか。良太と再会したら、どうなるのか。はなの気持ちも、良太との仲も、さっぱり先が見えない。不安になると、泣きたくなるのだ。

「不安になるのも、本気の証《あかし》よ」

おせいは新しい茶を淹《い》れて、ちよの前に置いた。ぬるくなった茶は、はながもらって一気に飲み干す。

「でも、ちよさんは不安がることないわ。喜楽屋の女将はこんな大年増《おおどしま》なんだってことが、わたしに会ってよくわかったでしょう？　それに、佐助さんったら、店でちよさんの話ばかりしてたのよ。大事な大事な恋女房だって」

「そうだよ。さっき、あたしが言った通りだよ。ねえ、弥一郎さまもお聞きになっていらしたでしょう？」

「周りが落ち着いて飯を食えぬほど、のろけ騒いでおったな。まったく、うっとうしい男であった」

弥一郎が棘《とげ》のある声を出すと、ちよは恐縮しきりの様子で何度も頭を下げた。

はなは、ちよの背中をとんっと叩《たた》いた。

「ほら、弥一郎さまもおっしゃってるんだから、間違いないでしょう？　佐助さんは、ちよさんに首ったけだよ」

弥一郎もため息をつきながら同意する。

「あの男には、心変わりの心配など不要であるな」

ちよは笑ってうなずいた。

「じゃあ、あたし、今晩は佐助の好きな葱《ねぎ》をたくさん用意して帰りを待ってます」

弥一郎の眉《まゆ》がぴくっと跳ね上がった。

「佐助の好きな葱だと――!?」

はなはちよから見えぬ場所へさりげなく動き、人差し指を唇に当てた。小刻みに首を横に振り、それ以上は言ってくれるなと、弥一郎に目で頼む。おせいは、あんぐり開けた口を両手で覆った。

店の中を駆け巡る弥一郎とおせいの戸惑いに、ちよはまったく気づかない。

「はい。うちの佐助は、本当に葱が好きで」

ちよの言葉をさえぎるように、店の戸が勢いよく開いた。

「うちのちよは来ていませんかっ」

佐助が息を切らして飛び込んでくる。

小上がりに腰かけているちよと、店の隅に立っているはなを交互に見て、佐助は顔をしかめた。

「何でい、二人とも、のん気な顔しやがって」

はなとちよは首をかしげながら顔を見合わせた。

「神田川の近くで、二人が言い争ってるのを見たってやつがいるんですよ。けど、うちのちよは、はなさんを知らねえはずだし。ありえねえとは思ったんですが、どうにもこうにも気になって来てみりゃあ――ちよ、おめえ、何でここにいるんだ」

どんどん低くなっていく佐助の声に、ちよは気まずそうな顔で身をすくめた。

「何でって、それは――」

「まさか、おれが邪《よこしま》な目でおせいさんを見てるって、くだらねえ吹聴《ふいちょう》を信じて乗り込んできたんじゃあるめえな」

ちよは青ざめる。

「図星か！　あることないこと吹き込むやつらの話にゃ耳を貸すなって、あれほど言っただろうがっ。それとも、おれが信じられねえってのか！」

佐助は拳《こぶし》を振り上げて奥へ一歩踏み込んだ。はなは素早くちよの前に立ち、両手を広げて佐助に向かい合う。

「はなさん、どけっ」

「いいや、どかない。ちよさんに乱暴する気なら、許さないよっ」

「どけったら！」

「どくもんか！」

はなの後ろで、ちよのすすり泣く声がする。ここで退《ひ》いてたまるかと、はなは両足を踏ん張った。たとえ自分が殴られても、背中の向こうで泣いているちよを守ってやらねば。

男の嘘に振り回されっ放しでは女がすたると、はなは勇気を奮い起こした。佐助の目が血走る。はなは広げた両手に力を込め直した。

「おまえたち、いい加減にしろ」

弥一郎が佐助の襟首をつかみ、後ろに引っ張った。佐助の膝《ひざ》がかくりと折れて、土間に引っくり返る。膝裏を弥一郎に蹴《け》られながら、引き倒されたようだ。

「いってえ——」

尻餅《しりもち》をついた佐助を、弥一郎が冷めた目で見下ろした。

「夕べから、見苦しいぞ」

佐助はすねたように口をすぼめ、尻をさすった。

「おれが棟梁《とうりょう》に可愛がられてるのを、やっかんでる兄弟子がいるんですよ。そいつのかみさんまで一緒になって、ちよにちょっかい出して、おれの調子を狂わそうとしてやがるんだ」

「人のせいにするな。おまえが乱れるのは自業自得であろう」

弥一郎にぎっと睨《にら》まれ、佐助は口をへの字に曲げた。わなわなと唇を震わせているが、葱嫌いを言えずにいた弱みが重しになっているのか、声が出てこない。

柔らかな日々の幸せを守りたいがためについた嘘が、思ったよりも大事になり、どうしたらよいかわからなくなってしまったのだろう。

うつむく佐助と、泣き続けるちよに、はなは声を張り上げた。

「あんたたち、明日《あした》ここに、自分の好物を持ってきな！　お互い、相手のことを考えずに、自分が食べたい物だけ持ってくるんだよ！」

嫌いな物が言えぬなら、好きな物を言ってみろ。

はなは佐助をぎろっと睨みつけ、よけいな恰好《かっこう》をつけずに正直になれと、目で脅した。

拒むようであれば、土間に座り込んでいる佐助の股《また》ぐらを踏みつけてやろうかと思ったが、佐助はきょとんとしながらも黙ってうなずいた。

はなは小上がりを振り返った。ちよはおろおろと腰を浮かせて佐助を心配そうに見ていたが、はなが目を合わせると、おどおどした顔でうなずいた。

弥一郎が腕組みをして床几《しょうぎ》に座り直す。

「では、明日の今頃、佐助とちよは互いの好物を持ち寄って、喜楽屋へ来い。つまらぬ茶番につき合いたくはないが、万が一にも刃傷沙汰《にんじょうざた》になっては困るゆえ、おれも立ち会ってやろう。よいな？」

佐助は立ち上がり、弥一郎に頭を下げた。

おせいが柏手《かしわで》を打つように胸の前で両手を合わせる。

「鍋物《なべもの》の具で、好きな物を持っていらっしゃいな。はなちゃん、いいわよね？ 佐助さんと、ちよさんも」

「はい。二人がよければ、あたしは構いませんけど」

佐助とちよも異存はないとうなずく。おせいは満足そうに笑った。

「じゃあ、決まりね。佐助さん、ちよさん、言いたいことがあるなら、明日の鍋のあとにね」

佐助は仕事へ戻り、ちよは長屋へ帰った。二人は互いに目をそらして喜楽屋を出ると、すぐに背を向け合い、別々の道へ分かれていった。

はなは暖簾《のれん》の下で二人を見送り、ため息をつく。おせいがはなの肩を軽く叩いた。

「大丈夫よ。どんなに好き合っている二人でも、互いのすべては知りつくせないのが世の常なんだから。心をつくして、言葉をつくし、わかり合えるよう努めれば、きっとうまくいくわ」

おせいは二階から鍋を持ってきて、調理台に置いた。

店で客に出す一人用の小鍋より少し大きい。しかし、汁物などを作る大鍋よりはずっと小さい。

「何ですか、その鍋」

おせいはいたずらっ子のような目で、うふっと笑った。

「死んだ亭主が顔馴染《なじ》みの職人に頼んで作ってもらった鍋でね。二人分の具を入れるのに、ちょうどいい大きさなの」

おせいは愛《いと》おしそうに鍋を撫《な》でた。

「わたしと亭主は喧嘩《けんか》すると、いつもこの鍋で二人の好きな物を煮て、一緒に食べて、仲直りしたのよ」

おせいは鍋に手を当てながら、はなを見る。

「さっき、自分の好物を持ち寄る話が出た時、この鍋を思い出してね。佐助さんとちよさんにも使ってほしいと思ったの。二人でひとつの鍋をつついて、熱々に煮えた相手の好物を嚙《か》みしめたら、きっと冷めない想いを確かめられるわ」

特別に作られた二人用の鍋で、互いの恋心を確かめ合う――。

うらやましいと、はなは思った。はなも良太と一緒に恋の鍋を食べたい。

まぶたの裏に良太の顔を思い浮かべると、はなに優しく笑いかけてくる。

胸が痛くなった。喉《のど》の奥が熱くなり、じわっと涙がにじんできそうだ。

良太にとって、はなはいったい何だったのだろう。

はなにとって、良太はかけがえのない夫だった。寝食をともにして、死ぬまでずっと一緒にいたいと思った男は、良太だけ。

やっぱり忘れられない。裏切られたとは思いたくない。突然いなくなったのには、どうしようもないわけがあったのだと信じたい。

わけを知ったら許せる何かが――良太がはなを嫌いになったのではないという事実があってほしいと、はなは切に願った。

「佐助さんとちよさんは、いったい何を持ち寄るんでしょうね。鍋物を二人で美味《おい》しく食べられるといいですね」

葱《ねぎ》に引き裂かれる夫婦なんて見たくない。想い合っている二人には、末永く仲良く暮らしてほしいのだ。

「さて、そろそろ店を開ける支度をしなくちゃね」

おせいは調理場に置いてあった千住葱を手にした。

「でも、その前に、わたしたちの腹ごしらえをしましょう」

洗った葱を、ただころんと二寸（約六センチメートル）ほどにのぶつ切りにして、おせいは七輪で焼いた。

「今日は塩だけで、葱の甘さを味わいましょうか」

おせいは焼いた葱をすべて一枚の皿に載せ、小上がりに運んだ。はなは三人分の小皿を用意して、塩を軽く盛る。

「弥一郎さまも、どうぞこちらにいらしてくださいな」

少し迷った顔をしてから、弥一郎は床几から小上がりに移った。

はなも小上がりに座り、葱を小皿に取る。黒く焦げた皮を一枚はがすと、しんなり火の通った白い葱の体が出てきた。

ちょちょっと塩だけつけて口に入れると、嚙んだとたん、じゅわっと葱から甘い汁が溢《あふ》れ出てくる。塩が葱の甘みを引き立たせていた。

「はあっ――」

はなと弥一郎が葱を食べている間に、おせいは七輪で握り飯を焼いた。醬油《しょうゆ》が塗ってある。

ぷうんと香ばしい醬油のにおいが漂ってくると、はなの腹がぎゅぎゅぎゅーっと鳴った。

「おまえは葱を食いながら、激しく腹を鳴らすのか」

弥一郎が呆《あき》れ返ったように眉《まゆ》をひそめた。

「いや、だって、醬油のにおいがたまらないですよ」

おせいが笑いながら、あぶった握り飯を運んできた。

「どんどん食べてちょうだいな。さっき、はなちゃんが外へ出ている間に、たくさん握っておいたのよ」

「おせい、はなを甘やかすな」

「甘やかしてなどおりませんよ。飯屋に住み込んで、空腹で倒れられたら、わたしの落ち度になりますからね。さ、はなちゃん、たんとお食べなさい」

「はいっ！」

はなは焼き葱と焼き握り飯を頬張った。

「この焼き握り、中に鰹節《かつおぶし》が入ってるんですね。炒《い》った白胡麻《しろごま》も混ざってる」

「炒り胡麻をご飯に混ぜて、その中に、醤油で味つけした鰹節を入れたの。あとは、お握りに醤油を塗って焼くだけ」

鰹節が立派な握り飯の具になっていた。外は薄く塗った醤油でこんがりと、中は味つけ鰹節でしっとりと。

「葱も、お握りも、焼いただけの簡単な物で、じゅうぶん美味しいわよね」

おせいの言葉に、はなは握り飯を嚙みながらうなずいた。

葱と塩、鰹節と醤油。

あっさりした美味《うま》さはもちろんだが、気を許せる人たちとでき立ての熱さを嚙みしめれば、何だってごちそうなのだ。


翌日の昼前に、佐助とちよはそれぞれの好物を持って喜楽屋を訪れた。

二人のなりゆきをしっかり見守ると言って、おせいは暖簾を出していない。

立会人の弥一郎は腕組みをして床几に腰かけ、じっと黙っている。

「じゃあ、二人とも、持ってきた具を出してください。お互い、自分の好きな物だけを持ってきましたよね？」

はなが促すと、佐助とちよは調理台の上に鍋物の具を並べた。

佐助は、鱈《たら》の切り身と牡蠣《かき》をたっぷり。ちよは、春菊の束と大根を一本。

二人は調理台の上を見つめ、驚愕《きょうがく》に目を見開く。

「葱がない！」

佐助とちよの叫び声がぴたりと重なり合った。

「な……何で……葱が好きだったはずじゃあ」

佐助とちよは葱を探すように、調理台の上に目をさまよわせた。

おせいが二人の前に立つ。

「では、鍋《なべ》ができるまで、小上がりに座ってお待ちください。はなちゃん、春菊と大根を切ってくれる？」

「えっ、あたしが作ってもいいんですか？」

おせいと二人で食べる賄を受け持つことはあったが、はなは客に出す品を作ったことがなかった。店の下ごしらえを手伝うのは、青物を洗う程度だ。はなの主な仕事は、洗い物や掃除、客への品出しである。

「うちの亭主がよく言ってたの。料理には、料理人の気が注がれるって。だから調理場に入る時は、いつも心を晴らしておけって」

おせいはまっすぐに、はなの目を見た。

「はなちゃんは気丈に明るく振るまってるけど、ご亭主のことで晴れない心を抱えているはず。お客さんに出す物は、まだ任せられないと思っていたわ。でも、佐助さんとちよさんを心から案じているはなちゃんには、鍋の支度を手伝ってほしいの」

はなはうなずいて、調理場に入った。大きく息を吐いて、気を静め、包丁を握る。料理に作る者の気が流れるのであれば、はなの心も腕を辿《たど》って、包丁を握る手の平から、青物を押さえる指の先から、どくどくと血潮のように伝わっていくのだろうか。

はなは昆布で出汁《だし》を取りながら、洗った大根の皮をむき、薄い半月切りにした。丁寧に、心を込めて、大根に包丁を入れていく。はなが大根を切っている間に、おせいは牡蠣を塩水で洗っていた。

ふと、春菊の切り方が気になって、はなは手を止める。

「春菊は、葉が二、三枚ずつになるようにそろえて、短く切りますか？」

いつもなら、何も気にせず、食べやすそうな長さにざくざく切っていく。しかし客に出す物だと思うと、どうしたらよいのか細かなところまで気になった。

はながおせいを見ると、おせいはちよの顔を覗《のぞ》き込んだ。小上がりに座ってうつむいていたちよは、驚いたようにびくりと顔を上げる。

「あ、あたしはいつも、根元だけ落として、ざっくり半分に切っておしまいです」

「じゃあ、はなちゃん、今日は半分に切るだけでいいわ。佐助さんとちよさん、お味は？　醤油仕立てがいいかしら。それとも味噌《みそ》仕立てかしら」

佐助とちよが同時に口を開く。

「醤油でお願いします」

味つけに関しては、二人の好みが一致していた。

はなは春菊を半分に切って、青物の下ごしらえを終える。つゆを作り、鍋の中に具を入れていると、佐助とちよの小声が聞こえてきた。

「いつもって、何だよ。おめえ、春菊なんか家で出したことあったか」

「あんたが嫌がったから、出すのをやめたんだよ」

「おれが、いつ、嫌がったってんだよ」

「一緒に暮らし始めて三日目の晩だよ。春菊の煮浸しを作ったら、苦いって言って、顔をしかめたじゃないか」

「そうだったか？　おれは別に、春菊は嫌いじゃねえぞ」

「ええっ⁉　あんたが嫌いだと思って、あたしは食べるのを我慢してたんだよ」

「我慢なんかしねえで、食えばよかったじゃねえか」

「そんなこと言ったって、あんたが嫌いだと思い込んでたから――もっと早く言ってくれりゃあよかったのに」

「だって春菊が好きかどうかなんて、聞かれなかったからよ」

「じゃあ、葱《ねぎ》は？」

「あ――ありゃあ、おめえの好物じゃねえか」

「あんたの好物でしょうが。何で、持ってこなかったのよ」

「持ってくるはずねえやな。おれは葱なんか好きじゃねえんだ。おれは――おれは本当は――葱がでえっきれえなんだ！」

「何ですってえ⁉」

声高《こわだか》になっていく二人を、弥一郎がひと睨《にら》みで止めた。

「さあ、できましたよ」

おせいが声をかけると、二人は居住まいを正して向かい合う。

はなは鍋を火から下ろして、小上がりに運んだ。ぐつぐつ煮える鍋を佐助とちょの間に置くと、二人は鍋の中をじいいっと見つめた。

「さあ、どうぞ。お好きな物をお取りください」

二人は無言で動かない。しばらくして、弥一郎が焦《じ》れたように大きな咳払《せきばら》いをすると、やっと箸《はし》を動かした。

佐助は牡蠣と鱈を、ちよは春菊と大根を器によそい、それぞれ黙々と食べる。目も合わせずに、自分の器だけを見ている。二人でひとつの鍋をついても、まるで、たまたま居合わせた客同士みたいだ。

だんまりを続けたまま二人は食べ終えてしまうのかと、はながやきもきし始めた、その時。

「こっちも食えよ」

ぶっきら棒に佐助が言って、ちよの器の中に牡蠣をひとつ放るように入れた。

「おれも、もらうぜ」

佐助が大根と春菊を鍋から取って食べる。ちよは佐助の顔をじとっと睨んでから、牡蠣を口に入れた。

「美味いか」

「美味いよ」

「じゃあ、鱈も食えや。――好物は、もちろんうめえんだが――牡蠣と鱈ばかり食い続けてると、たまには青物も食いたくなってよ」

「この贅沢者《ぜいたく》が。あんまりわがまま言ってると、罰が当たるよ」

「ちげえねえ」

「でも、あたしも――大根と春菊だけじゃ、ちょっと物足りなくなってきてたんだ。さっきあんたがくれた牡蠣、ぷりんと噛《か》みごたえがあって、美味《おい》しかった」

「そうかい。ほら、もっと食えよ。牡蠣も、鱈もな」

「うん、ありがと。青物も食べなよ」

二人の間に突き刺さっていた棘《とげ》が、はらりと抜けた。まるで、喉《のど》に引っかかった魚の骨が、するりと唾《つば》で落ちていったかのように。

唾を溢《あふ》れ出させたのは、二人の好物を煮た鍋か。

佐助とちよは、わだかまりなどすっかり忘れた顔で、嬉《うれ》しそうに笑い合って鍋をつついている。

「このたびは世話になりました。おかげさまで、これからはまた、仕事が終わればすっ飛んで長屋へ帰れます」

「あたしも、葱を買いためるのはやめて、何が食べたいかこの人に聞いてみることにします」

二人並んで頭を下げて、寄り添って店を出て行く佐助とちよは、誰の目から見ても仲睦《むつ》まじく、夫婦和合の縁起物とされる蛤《はまぐり》を思い出させた。

蛤は二枚の殻がぴったり重なり合っている貝で、対になった物の他に合う殻は決してないという。そのため、蛤の澄まし汁は、女児の良縁を願って雛祭《ひなまつ》りに食べられたり、めでたい婚礼の席に出されたりする。

あたしの片割れは、いったいどこへ行ってしまったんだろう……。

佐助とちよを見送りながら、はなは良太を想った。

いつか、二人でひとつの鍋《なべ》をつついて、良太とまた笑い合える日が訪れてくれるのだろうか。

「物欲しそうな顔をするな」

弥一郎の声に振り向くと、床几《しょうぎ》の上にふたつの蜜柑《みかん》が載っていた。

「腹が減ったら、蜜柑でも食っておれ」

おせいが蜜柑を火鉢に載せた。

「ありがたくいただいて、また三人で分けましょう」

「はい」

小上がりに場を移して、焼き蜜柑を食べる。

ひと房口に入れて噛むと、温かく甘い汁で口の中が満たされた。

「うーんっ」

はなは目を細めた。体の中に落ちた甘い汁が、心をとろかしていく。

「はなちゃん、これも」

「これもやる」

おせいと弥一郎が、房の塊《かたまり》をはなに差し出してきた。

「じゃあ、遠慮なく」

はなは二人から蜜柑の房を受け取ると、ひと房ずつ丁寧にはがし、ゆっくりじっくり味わった。おせいと弥一郎も、数少ない蜜柑の房を大事そうに噛みしめている。

はなの心は焼き蜜柑の汁よりも熱くなった。

今ここに良太はいないが、少ない蜜柑を分け合って食べる、おせいと弥一郎がいる。はなは一人ではないのだ。

寂しくない。大丈夫。寂しくない。

胸の内で呟《つぶや》きながら、はなは焼き蜜柑の甘い汁にそっと心を浸した。

第四話　冬のいちご

歳末の風を睨みつけるような流し目ひとつ。眉目秀麗《びもくしゅうれい》な歌舞伎役者の顔が、羽子板の中から通りを見つめている。

おせいに連れてきてもらった浅草寺《せんそうじ》の歳の市。はなは露店にずらりと並ぶ押絵羽子板を見て、ほおっと感嘆の息をついた。

きらびやかな簪《かんざし》をつけて着飾った見目麗しい禿《かむろ》など、歌舞伎役者の舞台姿を表した数々の羽子板が、はなの目を鮮やかに楽しませてくれる。

年の瀬が迫ると、しめ縄など正月の品々を売る市が江戸のあちこちに立つが、浅草の浅草寺では羽子板を売る店も多く出ていた。

おせいがばったり行き会った顔馴染《なじ》みの女とちょっと立ち話をしている間、はなはひと足先に羽子板の店を覗《のぞ》いてみたが、群がる女たちの熱気がものすごい。

少しずつ前へ詰めて、はなは何とかやっと、店に並んだ羽子板が見渡せる場所まで来たのだった。

「ちょっと、そこをどいてくださいな」

はなは後ろから二人の年増女《としまおんな》に押しのけられた。

「ああ、やっぱり菊五郎《きくごろう》よねえ」

「わたしは歌右衛門《うたえもん》のほうが好みだわ」

女たちは歌舞伎役者の押絵をうっとり見つめ、小娘のように頬を赤らめている。まるで目の前にある羽子板が、本物の歌舞伎役者に見えているかのようだ。

はながじっと目を向けていると、女たちは気分を害したように顔をしかめ、睨《にら》みつけてきた。恋する乙女そのものだった顔が、瞬く間に鬼女《きじょ》に変わる。

女たちは意地悪そうに目を細め、はなの着物にねっとり目を這《は》わせてきた。はなを明らかに格下と見て、侮った顔をしている。

「何よ。買う気もないのに羽子板の前にへばりついて、邪魔だからどいてもらっただけでしょう」

「そうよ。贅《ぜい》をつくした羽子板に見惚《みと》れる気持ちもわかるけれど、分不相応《ぶんふそうおう》な物は近くで見過ぎると目の毒よ」

年増女二人の着物は、見るからにはなの着物より上物だ。一人は、黒や藍鼠《あいねず》を粋《いき》に合わせた色合いの矢鱈縞《やたらじま》。もう一人は、紫鼠《むらさきねず》の鮫小紋《さめこもん》。

二人は並んで、ふふんと口の端を引き上げた。はなは雀茶色の着物の袖《そで》をぐっと握りしめる。

人を侮蔑《ぶべつ》しきった笑みと物言いが、はなの心の奥底に沈んでいた癇癪《かんしゃく》をぺしぺしっと引っ叩《ぱた》いた。

確かに、買う気のない羽子板を一番前で眺めていたのは、買う者にとって邪魔だったかもしれない。だが、どこぞの姫君に言われるならともかく、はなよりいい着物を着ているくらいで威張りくさる町女房に馬鹿にされっ放しも悔しい。

はなは笑ってやり過ごすべきか、何かひと言でも言い返してやるべきか、躊躇《ちゅうちょ》した。万が一にも、はなの言動がもとで騒ぎとなり、喜楽屋の迷惑になっては困る。

「ちょっと、邪魔よ！　いくら待ったって、羽子板がちっとも見えないじゃないの！」

はなを押しのけた女たちが、さらに後ろから押しのけられた。

新たな女たちの波が後ろからどどっと押し寄せてくる。

「あたしは菊五郎の『佐七《さしち》』が欲しいのよ。あたしの菊五郎はどこ？」

「冗談じゃないわ。わたしの菊五郎よ！」

「あの、わたしは団十郎の『暫《しばらく》』を」

「ちょっと、おどきなさいな。あたくしが先に見ていたのよ！」

押し合い、へし合い、羽子板を求める女たちが露店の前で揉《も》み合った。白粉《おしろい》や香袋のにおいに囲まれて、はなは息苦しくなる。

印半纏《しるしばんてん》をまとった売り子の男が大声を上げた。

「ちょいと、お嬢さん方、お待ちくだせえ。羽子板は女のお守りだ。こぞってお求めくださるのは嬉《うれ》しいが、縁起物のお守りを買うのに喧嘩《けんか》はいけませんやぁ」

はなは露店から離れ、大きく息を吸った。白粉や香袋のにおいが少しずつ薄れていく。

辺りを見回すと、どの露店も混み合っていた。江戸の人混みはすさまじい。

「はなちゃん、お待たせ」

おせいが手を振りながら歩いてくる。はなは、ほうっと息をついた。

さっきの女たちより、おせいのほうが、ずっとずっと美しい。縦縞《たてじま》の入った紫黒色の着物は誰よりも粋で、艶《あで》やかに似合っている。

「すごい混みようね。もう羽子板は見た？」

「はい。あんな豪華な羽子板を見たのは生まれて初めてです」

「もっとゆっくり見ていていいのよ？　たまには気晴らしもしなくちゃ。裏のお婆さんに留守番を頼んできたんだから、あまり急がなくてもいいの。もう一度、羽子板を見に戻りましょうか？」

「あ、でも、さっきの店は客同士が揉めちゃって、途中から大騒ぎになりました」

おせいは露店に目を向けて苦笑した。

「まだ騒ぎが収まってないわね」

女たちのけたたましい声が上がり続けている。売り子の男は困り顔で、女たちから羽子板を守るように店先に立っていた。

「じゃあ、浅草名物の雷おこしでも買って帰りましょうか。留守番のお礼に、何かお土産を買おうと思っていたの。もちろん、わたしたちの分もね」

はなは笑ってうなずいた。

雷おこしは、もち米や粟《あわ》を蒸して、乾かしてから炒《い》り、水飴《みずあめ》と砂糖で固めた干菓子である。浅草寺の雷門前で売られているので、雷おこしと名がついた。

「雷よけに、おひとつどうぞ！　雷おこしをお買いなさーい！　家を起こして名を起こす、縁起物の雷おこしだよーっ」

雷おこし売りからおこしを買って、はなとおせいは帰路についた。

すれ違う女たちの着物がちらちらと目に入ってきて、はなはわずかにうつむく。江戸の女たちはみな垢抜《あかぬ》けて、美しく見える。羽子板の露店で揉めた女たちも、洒落《しゃれ》た着物を堂々と着こなしていた。

はなは自分の着物に目を落とす。

村の畑の土が染み込んだように薄汚れた雀茶色の着物は、誰がどう見ても野暮ったい。貧乏長屋に住む子供の着物みたいだ。

おせいのように美しく――とまではいかずとも、もう少しましな恰好《かっこう》ができないだろうか。今のままでは、田舎くさい百姓女丸出しだ。

見栄を張るつもりもなかったが、はなは何だかみじめな気持ちになった。村にいた時は気にならなかった身なりが、急に恥ずかしくなってくる。

いなせに闊歩《かっぽ》する男が横目で追うのは、きりりと色っぽい女たちばかり。はななんぞには目もくれない。

別に、男の気を引きたいわけではなかったが、もしかしたら良太は、大食いなはなの田舎くささが嫌になったのではないだろうか――やっぱり小食で上品な江戸の女がいいと思い直して、はなのもとを去ったのではないだろうか――などと、悲しい邪推が浮かんでくる。

「はなちゃん、疲れた？　どこかでお団子でも食べて帰りましょうか」

「え、でも、雷おこしも買ったし――夕方から、店を開けるんですよね？　帰りが遅くなると、店の支度が」

「大丈夫。たまにはいいわよ。今日は気晴らしする日と決めて、歳の市に連れて行ったんだもの。留守番がいるから、帰ってすぐ火も使えるし、下ごしらえも済ませてきたし」

浅草から神田の方角に流れていく人波がまばらになってきたところで、おせいが立ち止まった。

「ねえ、はなちゃん、疲れた時は無理しないのよ」

はなの心をすべて包み込むような笑みで、おせいに顔を覗き込まれた。

おせいの優しい目を見ると、いじけた気持ちなどすぐにほぐれてしまう。

「美味《おい》しい物食べて、元気出そう。ね？」

「はい」

はなは笑って、おせいと二人、両国広小路《ひろこうじ》の団子屋へ足を向けた。団子を食べたあとは、広小路から柳原土手へ出て、神田川沿いに喜楽屋へ帰ればよい。

はなは団子が楽しみだと笑い続けて、から元気を出した。

から元気でも、ないよりはまし。笑っていれば、そのうち本物の元気が出てくると、はなは自分に言い聞かせて頭の中に団子を思い浮かべた。

餡子《あんこ》にしようか、みたらしにしようか。それとも両方、食べようか。

はなの口の中に、じゅわりと唾《つば》が湧き出してくる。

おせいの言う通りだ。美味しい物は元気が出る。考えただけで、もう、団子の甘さがすぐそこにきているような心持ちになった。

「ああ、ちょうどいい具合にお腹が空《す》いてきました。お団子を食べたら、張り切って店に出られます」

「まあ、はなちゃんったら」

はなは大きく腕を振って歩いた。元気よく歩けば、きっと心がもっと元気になると思った。

両国広小路に入ると、また人混みで溢《あふ》れた。葦簀《よしず》張りの見世物小屋などが建ち並び、浅草寺の歳の市にも負けない賑《にぎ》やかさだ。

「うわあ、食べ物の屋台がたくさん出てる！」

醤油《しょうゆ》の香ばしいにおいや砂糖の甘いにおいが入り混じって、はなの鼻と腹をつんつくとつついた。

「あちこちで、いいにおいがしますねえ。烏賊《いか》を焼いてるようなにおいもするし、蕎麦《そば》つゆみたいなにおいも――どっかで汁粉も売ってるみたいです」

軽業や曲馬などの珍しい大道芸より、はなは空腹をしめつけるような食べ物屋のにおいに惹《ひ》かれた。

「他に食べたい物があれば、お団子じゃなくてもいいのよ」

「えっ、どうしよう。迷っちゃいます」

はなは美味《うま》い屋台を見極めようと、あちこちに目を走らせた。どこも混んでいて、客たちはみな満足そうに笑っている。

はなは鼻をひくつかせて、においに引っ張られるまま歩いてみた。いろんなにおいが気になって、向かう先が定まらない。

「天ぷらにしようか――でも、やっぱり団子も捨てがたいし――あ、甘酒もある」

きょろきょろ屋台を見回していると、不意に、ぐっと後ろから袖《そで》を引っ張られた。

「んっ？」

振り返ると、目に涙を浮かべた五～六歳くらいの女の子が、はなの袖をぎうっとつかんでいる。

「おっかさんじゃない……」

女の子の目から涙がぽたぽたこぼれ落ちた。

「おっかさん――おとっつぁん――うわあぁん」

涙はあっという間に滝のように変わり、女の子の目からどおっと流れ出た。

「あら、迷子ね」

おせいが女の子の隣にしゃがみ込む。

「お名前は？　どこから来たのか言えるかしら。迷子札は持ってる？」

女の子は首を横に振って、えぐえぐと泣き続けた。行き交う人々が邪魔だと文句を言いながら、迷惑そうによけていく。

「ここで立ち止まっていると、危ないわね」

おせいは女の子の手を引いて、広小路の端に寄った。しばらく黙って女の子の背中をさすってやり、泣きやむのを辛抱強く待っている。

はなは袖をつかまれたまま、どうしたらよいかわからずに突っ立っているだけだ。落ち着く前によけいな声をかけたら、よりいっそう激しく泣かれる気がした。

やがて泣き声は少しずつ小さくなり、ひっくひっくとしゃくり上げながら女の子が話し出す。

「あたし、りつ。川のずっと向こうから来たの」

はなとおせいは顔を見合わせた。

川の向こうと言われても、神田川の向こうなのか、大川の向こうなのか。いったい、どこを指しているのだろう。

「りつちゃん、住んでいる町の名は言える？」

おせいが優しく問いかけると、りつは激しく首を横に振った。

「町は知らない。わかんない」

りつがまた、ひくりと泣き出す。はなは自分の袖をつかんだままのりつの手を、そっと握りしめた。

「ねえ、あたしのこと、おっかさんと間違えたのはどうして？　あたし、りつちゃんのおっかさんに似てる？」

りつは泣きながら首を横に振った。

「顔は似てない。着物の色が似てたの。あと、帯の色も」

「そっか。着物だけじゃなく、帯の色まで似てたのか。それじゃあ間違えても仕方ないねえ」

りつにつかまれた着物の袖を、はなは見つめた。

両親とはぐれたりつが、母親と間違えてすがってきた着物――薄汚れた雀茶色が、急に温《ぬく》もりの色に見えてくる。

色あせた紺色の古い帯も、亡き母が親類の誰かにもらってきたお下がりで、別に気に入っていたわけでもなかったが、りつの母がまったく同じようないでたちをしていたと聞けば、悪くないと思えてくる。

「迷子は自身番に届ける決まりだけど……ここだと、米沢《よねざわ》町の自身番になるかしら」

おせいの言葉に、りつは心細げに唇をゆがめた。

「羽子板のところに行きたい。羽子板のところに、おっかさんとおとっつぁんがいるかもしれない」

はなは握りしめたりつの手をそっと揺らした。

「羽子板って、浅草寺の歳の市？」

りつがうなずく。

「たくさん人がいる羽子板のところで、おっかさんとはぐれたの？」

りつは首を横に振った。

「じゃあ、羽子板のところから、あたしの袖をつかむほんの少し前までは、おっかさんと一緒にいたんだね？」

りつはまたうなずいた。

「羽子板のところから長屋までは、すごく遠い？　ここのほうが長屋から近いかな？」

「長屋じゃないの。お宿なの」

「お宿って――りつちゃんは、江戸で暮らしてるんじゃないの？」

「違う。羽子板を買いに、江戸に来たの」

はなは改めて、りつの姿を眺めた。

真紅の地色に毬《まり》をあしらった柄の着物は少し色あせているが、小綺麗《こぎれい》で、ほころびもない。きちんと結われた髪に使われている飾り布の手絡《てがら》は、桃色の鹿《か》の子絞りだ。

わりと裕福な家の子供なのだろう。どこから来たのか知らないが、裕福でなければ、わざわざ羽子板を買いに江戸まで出てくるはずがない。

「さっき、りつちゃんは、川のずっと向こうから来たって言ってたけど、川っていうのは、大川のことじゃなくて、ひょっとして六郷川のことかな？　江戸に着く前に、どこか宿場町を通った？」

りつは首をかしげて黙ってしまう。

話す言葉からして、京や大坂、東北などの遠方からはるばる旅して来たとは思えない。いっそひどいお国訛《くになま》りでもあったほうが、出身がわかって、親を捜す手がかりに繋《つな》がったかもしれないと、はなは思った。

「とにかく、自身番に連れて行くしかないですよね」

辺りを見回しても、迷子を捜しているような者は見当たらない。

「そうね。この人混みだし、わたしたちではお手上げだわね」

自身番へ連れて行こうとすると、りつが嫌々と激しく頭《かぶり》を振った。

「りつちゃんのおとっつぁんとおっかさんを捜してもらうために、自身番へ行くのよ？　怖いことなんて何もないわ」

「そうだよ。きっと自身番にいるおじちゃんたちが、りつちゃんのおとっつぁんとおっかさんを見つけ出してくれるよ」

りつは、はなの腕にしがみついた。

「知らないおじちゃんは嫌っ。おばちゃんたちがいい！」

りつが大声で泣き叫ぶ。はなは慌てた。

「すみません。あたし、よけいなことを――どうしましょう」

おせいは困り笑顔で肩をすくめる。

「仕方ないわ。ひとまず喜楽屋へ連れて帰りましょう。屋台はお預けよ?」

はなの頭の中から団子や天ぷらや烏賊《いか》焼きがひゅっと飛び去っていく。

がっくり肩を落としかけたはなの手を、りつがきゅっと握ってきた。

すべすべした柔らかなりつの手が、はなの胸をやわやわとくすぐる。

力を入れて握り返したら壊してしまいそうな小さな手を、はなはそっと手の平で包み込んだ。

子供の手は、こんなにも優しく心を震わせるものだったのか――はなの胸に、愛《いと》おしいという思いが生まれた。

もし、はなに子供がいたら……ふと浮かんだ夢想に、はなはどきりと身を硬くする。頭に浮かんだ良太の顔を消そうと、首を横に振った。

子供はいない。良太もいない。ないものを想っても、仕方ない。

はなは歩きながら、りつと繋いだ手を大きく振った。

「帰ったら、雷おこし食べようね。どんな味がするかなあ」

「甘くて美味《おい》しいわよ。りつちゃんも、きっと気に入るわ」

甘い物は、疲れを取り、心を慰めてくれる。

はなは雷おこしを楽しみに、喜楽屋へ向かって神田川沿いを歩き続けた。


店に戻ると、留守番を頼んだ婆さんと鳩次郎が床几《しょうぎ》に座って茶を飲んでいた。

「あら、鳩次郎さん、どうなさったの？　今日は夕方からだと、昨日、みなさんにお伝えしたと思ったんですけど」

首をかしげるおせいに、鳩次郎がうなずく。

「ええ、確かに聞きましたよ。浅草の歳の市へ行ってたんでしょう？」

留守番の婆さんが土産の雷おこしを持って帰るのを待って、鳩次郎は続けた。

「実は、今朝、佐助が仕事へ行く前にわたしの長屋へ寄りましてねえ。はなさんの亭主の似顔絵を忘れちゃいねえだろうなって、わたしの尻《しり》を引っ叩《ぱた》いていったんですよ」

「え……佐助さんが？」

りつを小上がりに座らせながら、はなは鳩次郎を見た。鳩次郎は大きくうなずいて、帯に挟んであった矢立《やたて》を撫《な》でる。

「ちよちゃんとの間の葱《ねぎ》騒動を収めてもらったことで、佐助も恩義を感じたんだろうよ。あいつなりに、はなちゃんを案じているのさ」

「そんな。恩義だなんて」

「八つ当たりでひどいこと言っちまったって、反省もしてるんだろうよ」

おせいが新しい茶と雷おこしを床几に運ぶ。

「佐助さんも、いいところがあるわね」

「もちろん、わたしだって似顔絵の件は気にしちゃいましたよ。だから、今日は遅い店開けだと知りながら、思い立ったが吉日とばかりに早く来ちまったんです」

鳩次郎はおせいに手を合わせた。

「忙しいところ申し訳ないが、はなちゃんのご亭主の顔を描き取らせてもらえませんかね。ささっと手早く済ませますので」

「いいですよ。帰ったら、仕事の前に、まずはひと休みしようと思ってましたから」

「ああ、やっぱり」

鳩次郎は雷おこしに手を伸ばす。

「はなちゃんが浅草の美味しい物を見逃すはずはないと思った」

「でも、あたし、絵のお代なんて払えるかどうか」

「金なんかいらないよ。聞き取った話からどれだけ上手《うま》く顔が描けるか、ちょっと試してみたい気もあって描くんだから」

鳩次郎は小上がりにちょこんと座るりつを見やった。

「で、その子は？」

「りつちゃんです。両国広小路の人混みで、両親とはぐれちゃったみたいで」

「喜楽屋で預かるのかい？」

「すぐ自身番へ届けなきゃいけないんでしょうけど、まずは休ませてあげたくて、連れてきちゃいました。両親と江戸の旅籠《はたご》に泊まってるらしいんですけど」

「どこから来たのかわからないのかい」

「ええ――そうだ、鳩次郎さん。夫の似顔絵より、りつちゃんの似顔絵を描いてもらうわけにはいきませんか？」

「そりゃかまわないけど。いいのかい？　はなちゃんだって、一刻も早く、ご亭主の手がかりをつかみたいだろうに」

はなは黙って笑みを作った。

「じゃあ、りつちゃんを描いたあと、はなちゃんのご亭主も必ず描くからね」

「ありがとうございます！」

鳩次郎が小上がりへ向かうと、りつはおせいの膝《ひざ》に頭を乗せて眠り込んでいた。

「かわいそうに。疲れちゃったのね」

「りつちゃんの絵は、どうしましょう」

「とりあえず、寝顔を一枚描いておこうか」

「じゃあ、わたしとはなちゃんが店の支度をしている間、二階でお願いできますか？ りつちゃんを布団に寝かせてやりたいですし」

「おや、いいんですか？ 女所帯に上がり込んで」

「だって鳩次郎さんですもの」

「おせいさんに信用されていると喜ぶべきか、男として見られていないと悲しむべきか。あぁ、悩みます」

鳩次郎は大げさに嘆いてみせると、りつを抱き上げた。

「わたしが運びますよ。ぐっつり寝入ってしまうと、重いですからね」

鳩次郎はりつを横抱きにして、危なげなく階段を上っていく。

「あたしの部屋の布団を敷きます」

はなが二階に布団を敷くと、鳩次郎がりつを寝かせてくれた。

鳩次郎は部屋の隅の風呂敷《ふろしき》包みにちらりと目をやると、布団の脇に座り込み、懐から小さな画帳を出した。

「それ、いつも持ち歩いてるんですか？」

「これでも絵師の端くれだからねえ」

鳩次郎は帯から矢立をはずし、中から筆を取り出した。

「じゃあ、よろしくお願いします」

はなは深々と頭を下げた。

鳩次郎は、眠るりつの顔をじいっと見つめている。りつの他は何も目に入らず、何も聞こえていないようだ。

はなは足音を忍ばせて、そっと階下へ向かった。

「鳩次郎さんって、本当に絵師なんですねえ。いつものやんわりした顔と違って、ちょっと怖いくらいに真剣な顔になってました」

調理場にいたおせいが振り返る。

「ふふ。どんな絵ができるか、楽しみね。鳩次郎さんに描いてもらっている間に、わたしたちは店を開ける支度を急ぎましょう」

「はい」

仕込んでおいた鮪《まぐろ》の煮つけに添える葱を刻もうと、はなは包丁を握った。

しかし二階が気になって、包丁を握ったまま天井を仰ぐ。

泣き疲れて眠ったりつが腹を減らして起きたりしないだろうか……。

「はなちゃん、りつちゃんが心配でたまらないって顔してるわよ」

おせいに顔を覗《のぞ》き込まれ、はなはいったん包丁を置いた。

「料理を作る時は、料理のことだけ考えましょう。心配事を調理場に持ち込んじゃ駄目よ。それはきっと、お客さんに伝わってしまうわ。心配事を食べたくて、わざわざ店に来てお代を払う人なんていないでしょう？」

「はい。すみません」

はなが頭を下げると、おせいはにっこり笑った。

「誰かを思いやる優しい気持ちも、きっと料理に流れるわ。食べてくれる人に美味しいって思ってもらえる品を作りましょう。ね？」

「はい！」

はなは両肩をぐるりと回し、息を深く吐いてから、包丁を握り直した。

「さあ、美味しい物作ろう」

丁寧に、食べやすい大きさにそろうよう葱を切っていく。

「りつちゃんは、何が好きかしら。起きたら、お腹が空《す》いてるかもしれないわねえ。山芋のとろろ飯なんて、食べるかしら」

「起きてすぐでも、とろろ飯なら、さっぱりして食べやすいかもしれませんね。あたし、山芋をすります」

「じゃあ、多めにすってもらえる？　醬油《しょうゆ》のつゆで煮た豆腐にとろろをかけて、山かけ豆腐も作りましょう」

ひと通り支度が終わったところで、鳩次郎が二階から下りてきた。

鳩次郎は小上がりに腰を落ち着けると、画帳の紙を二枚破り、はなとおせいの前に置いた。

「わあ、そっくり！」

目を閉じて眠るりつの顔と、ぱっちり目を開けているりつの顔が、それぞれ一枚ずつ描いてあった。

どちらの絵も、まるで小さな紙の中でりつが息をしているようなできばえだ。

「りつちゃん、起きちゃいましたか？」

「いいや。よく眠っているよ」

「でも、この二枚目の絵は目を開けてます」

「店に入ってきた時、目を開けている顔も見たからねえ」

「へえ、それで描けちゃうんですか。すごいですねえ。りつちゃんの親が見たら、ひと目で我が子とわかりますよ」

「本当に、よく描けているわねえ。さすがだわ」

「いやいや、それほどでも」

謙遜《けんそん》しながら、鳩次郎はにんまり嬉《うれ》しそうに口元を崩している。

「それより、いいにおいがするねえ。醤油と生姜《しょうが》のにおい——これは何だろう」

「鮪《まぐろ》の煮つけです」

「ひとつ、もらえるかい。何だかものすごく腹が減ってきたよ」

「少しお待ちいただければ、とろろ飯もできますよ」

「ああ、食べたいねえ。いくらでも待つさ」

はなは飯炊きに入る。おせいが鮪の煮つけと一緒に酒や煮物も出した。

「りつちゃんの絵のお礼です。どうぞ召し上がってくださいな」

鳩次郎は上機嫌で箸《はし》をつける。

「うーん、鮪の煮つけがいい味だ。生姜のおかげで、まったく生ぐさくない」

おせいが満足げに笑った。

「お客さんに出すのは赤身を使ってますけど、賄で食べるには、あらや血合いでもじゅうぶんいけるんですよ」

「へえ。鮪は下魚だから、お武家さまなんかは食べないけど、おせいさんの手にかかりゃこんなに美味《うま》くなるのに、もったいないねえ」

「あら、お上手ですね」

「本当に美味いですよ。甘辛く煮てあるから、これだけで飯が進みそうだ」

「じゃあ、とろろをかけるの、やめますか？」

はなは竈《かまど》から目を離さずに声を上げた。

「いや、とろろ飯も食べたいんだよ」

「じゃあ、とろろとご飯を別々に持っていきましょうか。鮪の煮つけで白いご飯をちょっと食べてから、とろろをかければいいんじゃないですか」

「はなちゃん、知恵が働くねえ。よし、それでいこう」

飯が炊き上がり、運んでいくと、鳩次郎はうきうきと腰を浮かせて待っていた。

湯気が立ち昇る白い飯に鮪の煮つけをちょんと載せ、煮汁を落としてから食べる。

「はふっ、熱々の炊き立てはいいねえ」

鮪の煮つけを食べ終えると、鳩次郎は大事に残してあった白い飯に山芋のとろろをかけた。

「今日のとろろは、味噌汁《みそしる》を混ぜてあります」

鳩次郎はとろろをすすりながら何度もうなずいた。

「いいっ……いいねえ。山芋と味噌が、優しい甘さを出してる」

はなは思わず、ごくりと喉《のど》を鳴らした。腹がぎゅるっと鳴りそうだ。

雷おこしを食べそびれていたと、今さら急に思い出す。店に着いたら鳩次郎がいて、りつの似顔絵を描いてもらって、ばたばた慌ただしく過ごしてしまった。

思い出したら、雷おこしが食べたくてたまらなくなった。店じまいのあとで夜食に食べさせてもらえるだろうかと、はなは期待を抱く。

「いらっしゃいませ」

おせいの声に振り向けば、権蔵と金太が連れ立って店に入ってきたところだった。

「何だよ、鳩次郎、今日は早《はえ》えじゃねえか」

権蔵と金太は鳩次郎の隣に座り込む。

「ああ、せっかく、おせいさんとはなちゃんを独り占めしてたのに」

「馬鹿言ってんじゃねえよ。抜け駆けは許さねえぞ」

「そうだよ。おいらだって、猪牙船《ちょきぶね》を降りたら真っ先に喜楽屋へ駆け込んで、おせいさんとはなさんを独り占めしたいってのにさ」

権蔵と金太は首を伸ばして、料理を並べた棚を眺めた。

「おれは、こんにゃく田楽と、山かけ豆腐と——まずは酒だな」

「おいらは、風呂《ふろ》吹き大根と、鮪の煮つけと、とろろ飯」

二人の注文を受けると、どんどん客が入って来て慌ただしくなった。

はなは目まぐるしく動き、次々と折敷《おしき》を運んでいく。

「おう、山かけ豆腐は久しぶりだぜ。豆腐を煮た醬油の汁と、とろろがまったり混ざり合って、たまんねえな」

「あぁ、これだよ。この味だよ。おせいさんの風呂吹き大根は、ほんっとに味がよく染みてるなあ。これがあるから、おれは冬の猪牙に乗っていられるんだぜ」

客たちの笑いさざめく声を聞きながら、はなはちらりと天井を仰いだ。

二階から物音はしない。りつは、まだぐっすり眠っているのだろうか。

「はなちゃん、ちょっと上を見てきてくれる？」

調理場のおせいに促され、はなは急ぎ足で階段を上った。

襖《ふすま》を開けると、りつは身じろぎひとつせずに眠り込んでいた。頰には涙の跡がある。眠ったまま泣いたのか。

悪い夢でも見ていなければよいがと思いながら、はなはそっと眠るりつの頭を撫《な》でた。一人になった心細さは、はなにもよくわかる。はなは二度、一人にされた。一度目は、両親が死んだ時。そして二度目は、良太が突然いなくなった時――。

「きっと必ず、おとっつぁんとおっかさんは見つかるからね」

眠るりつにささやいて、はなは階下の店に戻った。

翌朝、はなはりつの泣き声で目覚めた。

「ここ、どこ？　おっかさん、どこ？」

夕べ、はなはりつの隣に潜り込み、同じ布団で体をくっつけて眠った。りつは夜中も起きずによく眠っていたが、朝目覚めたら見知らぬ部屋にいて、隣にはなが眠っていて、驚いたのだろう。

はなは身を起こしてりつを抱きしめ、背中をとんとん叩《たた》きながら、りつが眠り込んだあとの出来事を話してやった。

「――だからね、自身番にりつちゃんの似顔絵を持っていけば、おとっつぁんとおっかさんを捜しやすくなるでしょう」

りつがうなずく。

「他に何か、教えてもらえることはないかなあ。おとっつぁんとおっかさんの名とか、歳とか、住んでるところのこととか」

「おとっつぁんは、六左衛門《ろくざえもん》。おっかさんは、まつ。住んでるところは――海の近くなの」

「海の近く――ひょっとして、江戸へは船で来た？」

りつがうなずく。

「住んでる町の名は知らないって言ってたけど、もしかして、りつちゃんが住んでるのは町じゃなくて、村？」

「うん。おとっつぁんは、船でお魚を獲《と》って暮らしてる」

「りつちゃんのおとっつぁんの六左衛門さんは、漁師なんだね⁉　どこの村の漁師なの⁉」

はなは思わず大きな声を出した。りつが怯《おび》えたような顔をする。

「あっ、ごめん。怒ったんじゃないんだよ。ちょっと気が急《せ》いちゃって――」

幼い子供に向かって大声を出してはいけないと、はなは胸に刻み込んだ。

階下の店から、包丁を使う音が響いてくる。おせいが竈《かまど》の火を起こして、朝飯の支度をしているのだろう。

「そうだ、りっちゃん、夕べは何も食べずに眠っていたね。お腹空《す》いたでしょう」

はなはりつを連れて店に下りた。

「おはようございます。すみません、遅くなって」

「いいのよ。二人とも、ちゃんと眠れたかしら。りっちゃん、お腹空いてるんじゃない？　今、お味噌汁ができますからね」

おせいが鍋《なべ》に味噌を溶き入れると、ふわりと甘いにおいが漂ってきた。はなの腹がぐーっと鳴る。りつにじっと見上げられて、はなは照れ笑いを浮かべた。

「さ、みんなで食べましょう」

小上がりに座り、三人で朝飯を囲む。

炊き立ての白米に、湯気が立ち昇る小松菜の味噌汁と、夕べの残りの風呂吹き大根だ。

「いただきます」

はなは炊き立ての飯のにおいに目を細め、ほかほかと熱いうちに口へ入れた。嚙《か》むと、口の中に白い米の甘みが広がる。ごくりと飲み込めば、体の中に力が湧いてくる。

味噌汁を飲めばさらに元気が出て、一晩じっくり味の染み込んだ熱い大根を食べればやる気がみなぎった。

今日がいい日になりますようにと祈りながら、しっかり朝飯を食べて力を蓄える。

「あら、りつちゃん、食べないの？」

おせいの声に横を見ると、はなの隣でりつが膝《ひざ》に手を置きじっとしていた。

「小松菜や大根は嫌い？」

おせいが優しく問いかけると、りつは首を横に振る。

「食べたくないの？」

りつはうなずいた。

「でも、食べないと体に悪いわよ。ほんのひと口でも――お味噌汁だけでも、飲んでみない？」

おせいに促され、りつは味噌汁に口をつけた。

「どうかしら。美味《おい》しい？」

りつはうなずいて、味噌汁を全部食べた。

「ああ、食べられたね。よかった。りつちゃん、やっぱりお腹空いてたんだねえ。おせいさんの風呂吹き大根も美味しいんだよ。どんどん食べな」

だが白米を少し食べると、りつの手は止まってしまった。大根には手もつけない。

「りつちゃん、もう食べないの？」

はなが顔を覗《のぞ》き込むと、りつは目をそらしてうつむいた。

「おっかさん……もう会えなかったら、どうしよう。おうちに帰りたいよぉ」

りつの目に涙が溢《あふ》れる。

はなはおせいと顔を見合わせた。

「かわいそうに。心配事が大き過ぎて、あまり食べる気になれないのね」

両親とはぐれたままひと晩を過ごしたりつの不安はいかばかりであろうかと、はなは不憫《ふびん》に思った。幼い身にのしかかる恐怖はとてつもなく大きく、重いはずだ。

はなが江戸へ出て来た時だって、不安と疲労に襲われた。鎌倉からの道中では飲み食いもままならなかったので、空腹と相まって日本橋で倒れてしまったくらいだ。

「そうだ、あたしの時みたいに、りつちゃんのおっかさんが心労で養生所へ運ばれてるってことはないですよね？」

「ないと思うけど――念のため、聞いてみましょうか」

「じゃあ、あたし、賄中間の彦之助さんに聞きに行きます」

「養生所へは文を出しましょう。八兵衛さんのお店の若い人に届けてもらえないか、お願いしてみるわ。弥一郎さまにもご尽力いただけないか、お伺いしてみましょう。あのお方は、町方にも伝手《つて》があるかもしれない。はなちゃんは、自身番へお願い」

「わかりました。りつちゃんのご両親も、どこかの自身番へ駆け込んでるかもしれないですしね」

はなは急いで飯を食べ終えると立ち上がった。りつも続いて立ち上がる。

「鳩次郎さんの描いてくれた似顔絵があるから、ここで待っててていいんだよ」

りつは首を横に振って、はなの腕にしがみついた。

「自身番に、おとっつぁんとおっかさんが来てるかもしれない」

おせいも立ち上がってうなずく。

「ご両親があちこち捜し回っているとしたら、ありえない話じゃないかもしれないわね。運がよければ、自身番で会えるかも」

おせいは腰をかがめて、りつの頭を撫でた。

「それに、自身番に詰めている町役人の方たちにも、やっぱり本物のりつちゃんを見ておいてもらったほうがいいわね。声や仕草とか、絵だけじゃわからないこともあるし。万が一の時には、今後の身の振り方についてもお世話になるだろうし」

はぐれた親が見つからなければ、捨て子と同じ扱いを受けて、子供のいない夫婦などに引き取られるかもしれないということか。

はなはりつの手を握りしめた。

「とにかく、自身番へ行ってみます」

はなはりつを連れて、まずは神田須田町の自身番へ急いだ。


「ええっ、何で昨日のうちに、そのまま米沢町の自身番へ連れて行かなかったんだい。こっちは迷子になった場所から離れているのに」

須田町の自身番で事情を話すと、町役人として月交替で詰めている別の長屋の家主や店番たちが顔をしかめて上がり框《がまち》からりつを見下ろした。

りつはべそをかいて、はなの背中に隠れる。

「すみません。あたしが勝手に連れてきちゃったんです」

はなは頭を下げながら後ろに手を回し、震えるりつの背中を撫《な》でた。

「まったく困ったものだよ。勝手な真似をして」

「今からでも、その子を米沢町の自身番に連れて行っておくれ」

町役人たちは、いかにも迷惑そうな顔で刺々《とげとげ》しい声を出す。はなは振り向き、怯《おび》えてしがみついてくるりつを抱きしめた。

「わかりました。今から米沢町へ行けばいいんですね？」

はなは顔を上げると、挑む目で町役人たちを睨《にら》んだ。

こんな薄情なやつらに頼るもんか。

米沢町の自身番へも事情を話しに行かねばなるまいが、親が見つかるまで喜楽屋でりつを世話すると、はなは胸の内で勝手に決めた。きっと、おせいも同意してくれるはずだ。

町役人の一人が立腹した顔で、はなをじろりと見下ろす。

「何だい、その不服そうな顔は。おまえさん、ちょっと前に喜楽屋へ転がり込んできた人だろう。男を追って江戸へ来たと聞いたが、業が深いのかねえ。あまり須田町に面倒事を持ち込まないでおくれよ」

りつが、はなの腹に顔をうずめて肩を震わせる。幼くても、自分を面倒事と言われているのがわかっているのだ。

はなは唇を嚙んだ。

自分が隣近所すべての者に望まれて神田にいるのではないとわかっているが、はなとりつを一緒くたにして邪険にされても困る。

幼い迷子を前にして心ない態度をあからさまに見せるのが江戸の男なのかと、町役人たちを罵《ののし》りたくなるが、はなは耐えた。やはり、おせいに迷惑をかけられない。はなのせいで、おせいが須田町に居づらくなっては困る。

はながうつむいていると、背後でじゃりっと自身番の入口前に敷かれた玉砂利を踏む音が聞こえた。

「その者への苦情は、おれが聞こう。こやつを喜楽屋に預けたのも、このおれだからな」

はなが振り向く間もなく、弥一郎が自身番に入ってきた。隣に並び立つ弥一郎を見上げると、不機嫌丸出しの顔で町役人たちを睨みつけている。

「神田須田町では、迷子一人がそれほど大きな面倒事か。哀れな子供を放り出すような非道な町の者は、無料で病人を診る養生所への入所も控えるべきであろうかと、おれは思うが」

「なっ――何をおっしゃいます、お武家さま」

「おれは小石川御薬園同心、岡田弥一郎だ。養生所に不審な者が入っては、御薬園の秩序も乱されかねぬゆえ、入所者への目配りは常に厳しくせよと、養生所見廻《みまわ》り与力たちに日頃から苦言を呈しておる」

町役人たちは顔を見合わせてから、みな一斉に愛想笑いを浮かべた。

「いえいえ、迷子の一人くらい、この須田町で立派に世話してみせますとも」

「そうですよ。あちこちたらい回しにされたんじゃ、その子もかわいそうですからねえ。喜楽屋で預かれるなら、預かってやればいいんです。米沢町へは、わたしどものほうから話を通しておきますので」

「須田町と米沢町が力を合わせれば、きっと、その子の親もすぐに見つかりますよ」

町役人たちは上がり框に膝《ひざ》をつき、へこへこと頭を下げながら手をすり合わせた。

弥一郎は尊大にうなずいて、はなに向き直る。

「その子供の似顔絵をよこせ」

はなは懐に入れてあった絵をふたつ折りのまま弥一郎に渡した。弥一郎は紙を開きもせず、そのまま町役人たちに渡す。

町役人たちは紙を開くと、りつと絵を見比べて、ほおっと感嘆の息をついた。

「これはそっくりですな。実に可愛らしい」

町役人たちは、りつの機嫌を取るように腰をかがめて笑いかけた。りつは、はなにしがみついたまま、顔を上げない。

はながりつに聞いた両親の名などを告げると、町役人たちは慣れた様子で、りつの着物の色や年恰好《としかっこう》を加えて絵の脇に書き込んだ。

「では、米沢町への根回しを頼んだぞ」

「お任せくださいませ。その代わり——と申しては何でございますが、須田町の者が養生所へ入る際には、何かとお口利きをいただけますればありがたく存じます。病人部屋に空きがなく、ふた月も待たされた者がかっておりまして」

「考えておこう」

弥一郎に促され、はなはりつの手を引いて自身番を出た。

「まったく。朝から喜楽屋に来てみれば、これだ」

「あれっ、おせいさんからの手紙を読んで駆けつけてくださったんじゃなかったんですか?」

「どんなに急いでも、小石川からこんなに早く駆けつけられるはずがなかろう。おせいが手紙を書き終える前に、おれが喜楽屋へ着いて事情を聞き、おまえのあとを追ったのだ」

「喜楽屋に何かご用がおありだったんですか?」

「おまえの見張りに決まっておろう。案の定だな。今朝は目覚めた時から、ぞくりと首筋に悪寒が走り、嫌な感じがしておったのだ」

喜楽屋へ戻ると、おせいが茶の支度をして待っていた。

昨日から食べ損ねていた雷おこしが茶菓子として出されている。

雷おこしを見たとたん、自身番でささくれ立ったはなの心が少しなごんだ。

「さ、どうぞ。はなちゃんも、りつちゃんもね」

おせいがりつを小上がりに連れていく。はなは床几《しょうぎ》に置かれた雷おこしを立ったままつまんだ。

「行儀が悪いぞ。そこに座れ」

弥一郎に顎《あご》で指され、はなは床几の端に腰を下ろした。反対端に座った弥一郎に睨まれながら、はなは雷おこしをつまむ。

口に入れて嚙《か》むと、もち米を使った干菓子がさくっと砕け、砂糖と水飴《みずあめ》の甘さが口の中に広がった。

「はあ……」

雷おこしの甘さが体中に染み渡っていくようだ。

甘さは心地よい重みとなって、はなの心身の内側に静かに降り積もる。

ひと口、ふた口と食べ進めれば、身も心も落ち着いて、ぬくぬく布団でまどろんでいる時のような幸せな心地になった。

「りつちゃん、ひとつ食べてごらんなさい。美味《おい》しいわよ」

おせいが勧めても、りつはじっとうつむいて食べようとしない。

「これ、昨日、おっかさんと食べた……」

りつの目から涙がこぼれ落ちる。はなは雷おこしの甘さから心を離した。

「おせいの話によれば、羽子板を買いに江戸へ来たそうだが。羽子板はどうした。買ったのか。手がかりとなる明確な事柄は、ひとつでも多いほうがよい」

弥一郎が小上がりを見やる。幼いりつに対しても、愛想のない目つきと声だ。

りつは戦々恐々とした目で弥一郎を見て、うなずいた。

「おとっつぁんに、お姫さまの羽子板を買ってもらいました。お花の簪《かんざし》をつけた、綺麗《きれい》なお姫さまの羽子板です」

答えねば、弥一郎に怒られるとでも思ったのだろうか。りつは言葉をしぼり出すように、懸命に語った。

「花の簪だけではわからぬな。羽子板の押絵にされる女形《おやま》は、たいてい花の簪をつけておるのではないのか」

りつが泣きべそをかく。弥一郎は顔をしかめた。

「泣いても親は見つからぬぞ。それより、泊まった旅籠《はたご》の名は覚えておらぬのか。

両親の名を自身番に告げても、どこにおるのかわからねば、親元へは戻れぬぞ」

はなはぎょっと目を見開いた。弥一郎の言葉に、りつは悲愴《ひそう》な顔で歯を食い縛って泣くのを我慢している。

「りっちゃん、何か食べたい物はない？」

弥一郎の話をそらそうと、はなは声を張り上げた。

「ここは飯屋だから、美味しい物がいっぱいあるよ。昼はいっぱい食べよう。ねっ？」

雷おこしが母を思い出してつらくなるなら、別の物だ。りつの好物を作ってやれば、喜んで食べるかもしれない。

小上がりの前にかがみ込んで、はなはにっこり笑った。

「さあ、お客さま、ご注文は何になさいますか？」

りつが小首をかしげてはなを見る。りつの涙は引っ込んだ。よし、好物を聞き出すぞと、はなは意気込んだ。

笑顔で注文を待っていると、りつがもじもじしながら口を開いた。

「えっと……いちごの汁が食べたい」

「いちごの汁ぅ!?」

はなは思わず素っとん狂な声を上げた。

いちごの汁とは、いったいどんな物か。さっぱり見当がつかない。

「野いちごでも使った汁物があるんでしょうか」

おせいと弥一郎も怪訝《けげん》な顔で首をかしげている。

「わたしは聞いたことがないわねえ」

「野いちごの実が生《な》るのは夏であろう。冬にはできぬぞ」

はなは小上がりに膝をついて、りつの顔を覗《のぞ》き込んだ。

「りつちゃん、いちごの汁って、夏に食べる物なの？」

「ううん。この前、おっかさんが作ってくれたのを食べた」

「この前って――冬だよねえ」

りつがうなずく。はなはすがる目で弥一郎を見た。御薬園に勤める弥一郎であれば、冬に実が生るいちごを知っているかもしれない。

だが弥一郎はすげなく顔をそむける。

「冬のいちごなど、おれは知らぬぞ。む――待てよ」

弥一郎は壁の一点を睨《にら》んで、顎に手を当てた。

「かつて採薬の旅で八戸《はちのへ》藩を訪れた際、いちごが入っているようだと言われていた汁が漁村にあったたな。赤みの強いうにをいちごに見立て、あわびとともに煮た吸い物であった」

「漁村って――りつちゃんのおとっつぁんは漁師ですよ」

「だが、八戸藩は江戸から遠く離れた北の地だ。りつには北の訛《なま》りがないぞ」

はなは頭を抱えながら、ひとつでも手がかりを増やしたい一心で、りつに聞いた。

「おとっつぁんかおっかさんが八戸の人かな？　それとも、爺《じい》ちゃんか婆ちゃんが八戸から江戸に出て来た人かな？」

「わかんない」

はなはがっくり肩を落とした。

「仕方ないわよ。自身番へも届けたんだし、あせらず待ちましょう」

おせいに茶を差し出され、はなは床几に座り直した。

気分直しに、雷おこしを口に入れる。甘みがふわっと心をわずかに浮上させた。

茶を飲んで気を静めながら、はなは雷おこしを頬張り続けた。

ふと横を見れば、床几の反対端に腰かけた弥一郎は腕組みをして、雷おこしに手を伸ばそうとしない。

「弥一郎さま、食べないんですか？」

「いいから黙って食っておれ」

「ふっ——うえっ——」

小上がりで、りつが泣き出した。弥一郎は一瞬うろたえた顔をする。

「おい、おまえを叱ったわけではないぞ」

「おっかさんの作った、いちご汁が食べたい……いちご汁が食べたいよぉ」

りつは両手で顔を覆い、しくしくと泣き続ける。母親の作った味が恋しくなって、たまらなくなったようだ。

「じゃあ、いちごの汁を作ってみましょうか」

おせいの声に、りつは顔を上げた。顔が涙でぐしゃぐしゃだ。おせいが優しく涙を拭《ぬぐ》ってやる。

「でも、おせいさん、今からうにとあわびが手に入るんですか？」

「今日は無理でしょうね。でも、もしかして明日《あした》の朝なら——魚屋さんに行って、頼んでみるわ。はなちゃんは、りつちゃんと留守番をお願い」

「おれは、もう一度自身番へ行こう。りつの親がひょっとしたら八戸にゆかりある者やもしれぬと言い添えておく。もし訛りのある者であれば、誰か行き会った者が覚えておるやもしれぬ」

「お願いします」

うにとあわびも、りつの両親も、どうか無事に見つかりますようにと祈りながら、はなは二人を見送った。

翌早朝、いつも喜楽屋に出入りしている棒手振《ぼてふり》とは違う魚屋が、うにとあわびを

ひとつずつ持ってきた。

「まあ、政五郎《まさごろう》さん、ありがとうございます。うにとあわび、両方とも手に入った

んですね」

「ああ。おせいさんの頼みじゃ、何としてでも持ってこねえわけにはいかねえだろ

う。何があっても喜楽屋を助けていくと、おれは銀次に誓ったんだからよ」

「本当に、ありがとうございます」

おせいが深々と頭を下げる。はなもおせいの後ろで頭を下げた。

「いいってことよ。困ったことがあれば、またいつでも言ってくれ」

政五郎は何かを懐かしむように目を細めて調理場を眺めると、足早に立ち去った。

遠ざかる政五郎の後ろ姿を戸口で見送って、おせいは深く息をつく。

「政五郎さんといい、八兵衛さんといい、銀次の仲間は本当に義理堅いわ。あの人

たちの助けがなくちゃ、わたしは一人で店を続けられなかった」

おせいの声がわずかに潤んだ。

「あの人、死んでもわたしを守ってくれてる」

おせいは調理場に入ると、精神を統一するように目を閉じてから、包丁を握った。うにの殻に包丁を刺し入れて割り、中の身を丁寧に取り出していく。あわびも手際よくさばき、身を薄切りにした。

沸かした湯に塩と酒を入れ、ほんの少しの醬油《しょうゆ》で味を調えてから、うにとあわびを入れていく。

最後にもう一度味を見て、おせいは鍋《なべ》を火から下ろした。

はなはまだ二階で寝ていたりつを起こし、急いで店に連れてきた。

「さあ、どうぞ」

小上がりに座って椀《わん》を差し出すと、りつが首をかしげる。

「りつちゃんが食べたかったのは、これだよね？」

「違う。これは、おっかさんが作ってくれたいちごの汁じゃない」

りつの即答に、はなは固まった。おせいもかなり衝撃を受けたように目を見開いて、身じろぎひとつしない。

「おっかさんが作ってくれたいちごの汁は、もっと赤くて、緑の葉っぱのへたもあった。あと、緑のお花も」

はなは呆然《ぼうぜん》と、小上がりに置いた椀の中を見つめる。

ほんのり白みがかった澄まし汁の中で、美しい橙色《だいだいいろ》のうにが、あわびを座布団にするように鎮座している。

確かに黄色みがかった木いちごに似て見えると、はなは感心していたのに。

「これよりもっと赤いって――そりゃ、野いちごにも赤いのや黄色いの、色の違いは多少ありますけど。でも、緑のへたと花って、いったい何でしょう」

おせいが気を取り直したように顔を上げ、りつに向き直った。

「りつちゃんが食べたいいちごのへたと花って、どんなのだった？　何か、青菜を使っていたのかしら」

りつはうなずく。

「昨日食べた味噌《みそ》汁《しる》の青菜と同じだった」

「あっ――小松菜か！」

はなは手を打ち鳴らした。なるほど、小松菜を椀に浮かべて、いちごのへたに見立てたのか。

「でも、花はいったい、どうやって。何を花にしたんでしょうか。それに、肝心のいちごの実は――」

はなとおせいは考え込むが、一向に答えが浮かばない。

りつがぐずり出す。

「おっかさんのいちごの汁は、もう食べられないの？　おっかさんに会いたいよぉ」

はなとおせいがなだめても、りつは泣き言をくり返す。

「駄目だ。らちが明きません」

はなは拳《こぶし》を固めて立ち上がった。

「ここはやっぱり、弥一郎さまのお知恵を拝借しましょう。野いちごの色も、花も、何か思いついてくださるかもしれません」

小上がりに座るおせいとりつを見下ろせば、うにとあわびの汁も目に入る。

せっかくの汁を、りつは食べないのだろうか。うにもあわびも高値のはず。おせいの伝手《つて》も無駄になるのか――。

りつを責める気などないが、汁がもったいないという気持ちは次から次へと溢《あふ》れ出てくる。このまま捨ててなるものか。

「りつちゃんが食べないなら、はなちゃん食べる？」

じっとり椀を見つめていたら、おせいに声をかけられた。

「えっ、いいんですか」

「いいわよ。鍋に少し残っているのを、わたしもいただくから」

「じゃあ、いただきます！」

養生所へ走る前に、まずは腹ごしらえだ。うにとあわびの汁で朝飯にした。

椀の中に身を横たえた橙色のうにを口に入れると、舌の上でうにがとろけて、濃い磯の甘みがじわーっとはなの中に広がった。

「あぁ、すごい」

あわびの歯ごたえが体にずんとくる。

うにとあわびがどっぷり浸《つか》っていた汁を飲めば、口の中に至福の海が広がった。

はなはうっとり目を閉じる。

「こんな贅沢《ぜいたく》な汁、一生に一度かもしれません」

思いがけず、すごい朝飯になった。

椀を空にすると、はなは弥一郎に会うため小石川へ走った。

坂道を駆け上がり、養生所の敷地へ入ると、はなはまず台所の勝手口へ回った。弥一郎がまた彦之助のところへ来ているかもしれないと期待する。

しかし台所を覗《のぞ》くと、竈《かまど》の前に立っていたのは見知らぬ男だった。紺地の半纏《はんてん》に股引《ももひき》姿で、彦之助と同じ恰好《かっこう》だ。この男も賄中間だろうか。

はなに気づくと、男は険しい顔で振り返る。

「誰だ！　養生所の患者か⁉」

「あの、賄中間の彦之助さんは――御薬園同心の岡田弥一郎さまにお会いしたいんですけど」

弥一郎の名を出すと、男は少したじろいだ顔になって口調をやわらげた。

「岡田さまは、今日はいらしてないぞ。彦之助は、入所患者の食事の指示を仰ぐため本道の先生のところへ行き、まだ戻っておらん」

「そうですか。お邪魔しました」

はなは養生所の庭へ出ると、木々の奥へ進み、塀の木戸を開けて御薬園へ足を踏み入れた。もしかしたら、弥一郎は自分の畑にいるかもしれない。会えなかったらすぐに戻ればいいと思いながら、はなは先へ急いだ。

細く左に曲がった小道を進み、御薬園奉行の役宅脇を通って、弥一郎の畑を目指す。

木々に囲まれた畑の中で、弥一郎は青物を収穫していた。

「弥一郎さま！」

会えた安堵《あんど》の息をついて、はなは手を振りながら駆け寄る。

畝にかがみ込んでいた弥一郎は呆気《あっけ》にとられた顔で立ち上がった。

「おまえ、なぜ、ここへ」

「弥一郎さまにお会いしたかったんです」

「何だと」

弥一郎の眉《まゆ》が跳ね上がった。

「りつちゃんが言ってたいちごの汁は、八戸のうにの汁じゃありませんでした。もっと赤くて、小松菜のへたと、花がついていたそうです」

「小松菜の花だと？　漁師が庭に菜園を作り、育て過ぎたのか」

「いえ、それが、りつちゃんは花も緑だと言うんです。青菜を使って、何か細工をしたんでしょうか」

「料理の細工など、おれは知らぬぞ。彦之助にでも聞く他はあるまい」

「台所にはいませんでした。本道の先生のところへ行っているとかで」

弥一郎は顔をしかめる。

「なぜ向こうでおとなしく待っておらぬのだ。今後、御薬園内に勝手に立ち入ってはならぬぞ」

弥一郎に急《せ》き立てられ、はなは養生所へ戻った。ぴたりと後ろについてくる弥一郎に威圧され、小走りがだんだん大きな駆け足になる。

養生所の台所に着くと、戻っていた彦之助は湯がいた青菜を切ろうとしているところだった。

「はな、どうした。なんでそんなに息を切らしてるんだ？」

彦之助はまな板の上に包丁を置き、はなと弥一郎を見比べた。はなの隣に立つ弥一郎は涼しい顔で、まったく息を乱していない。

「彦之助さん、いちごの汁って知ってますか――」

はなは弥一郎を横目で睨《にら》みながら息を整え、りつの話をした。

「それはおそらく、海老《えび》を使ったいちご汁のことだろう」

あっさり答える彦之助に、はなは目を見開いた。

「宝暦《ほうれき》の間に出た『料理珍味集』という書物に載っていたはずだ。車海老《くるま》のすり身を丸めて小さな団子を作り、汁で煮るんだ」

「あっ――海老は火を通すと、身が赤くなる！」

「そう。団子にして丸めた海老の赤い身を、いちごの赤い実に見立てた澄まし汁さ。いちごのへたとして、小松菜を添えるんだ」

「じゃあ、緑の花は」

「うーん。それがわからないんだよなあ」

彦之助は包丁を握ると、まな板の上に置いてあった青菜の根元をちょんと切り落とし、目の高さまで葉を持ち上げた。

「この小松菜を、どうやって花のように仕立てるのか。くるくる巻いて立てれば、花のように見えるのかなあ。それとも、葉に包丁を入れて飾り切りでもするのか」

「飾り切りですか……」

彦之助が手にした小松菜の葉とまな板の上の包丁を、はなは何度も交互に眺めた。

「んっ⁉」

まな板の上に転がった小松菜の根元に目がいく。

「これ――！」

はなは切り落とされた小松菜の根元を指でそっとつまみ上げた。切り口を見れば、まるで緑色の椿が咲いたかのように見える。

「おっ、確かに緑の花だな！」

「まあ、見えなくもない」

「りつちゃんが言ってた花は、きっと間違いなくこれですよ」

三人で小松菜の根元を囲み、うなずき合った。


はなは喜楽屋へ駆け戻り、店にあった海老で彦之助に教わったいちご汁を作った。

「今日は店で海老のつみれ汁でも出そうと思って、さっき棒手振《ぼてふり》から買っておいたのよ。車海老じゃないんだけど」

「大丈夫ですよ。身が赤くなればいいんですから」

はなは海老を前にして、良太が寄越《よこ》した鎌倉海老を思い出した。

大きな海老を丸焼きにして、泣きながら一人で食べた、あの夜――。

はなは首を横に振って、悲しい思い出を振り払った。

暗い気持ちでいちご汁を作ってはいけない。りつを喜ばせるため、美味《おい》しい物を作りたいのだ。料理を通して、はなの悲しみをりつに流す真似はできない。

以前おせいに教わった、喜楽屋の元店主、銀次の言いつけが、はなの心に改めて響き渡ってくる。

料理には、料理人の気が注がれる。だから調理場に入る時は、いつも心を晴らしておけ――。

はなは口角を引き上げ、笑みを作った。

心を晴らすには、笑うのが一番。最初は作り笑いでも、笑い続けていれば、そのうち本当の笑みになる。いつも笑っていろという両親の遺言を守ってきたはなだから、できないはずがない。

はなは、満開の花のように笑ってこそ、はな。いつか必ず幸せになれる。笑っていれば、きっと向こうから福がやってくる。

はなは口角を引き上げながら、海老の殻をべりべりとむいた。

殻のはずれた海老の身をぶつ切りにして、包丁の刃で粗く叩《たた》き、卵白を少し加えて小さく丸める。

「いちごの実は、これでいいはずです」

車海老でなくても大丈夫とは言ったが、本当に大丈夫か心配になってきた。しかし、もう鍋《なべ》に入れるしかない。

「ちゃんと赤くなりますように」

はなは祈りながら、塩と酒で味を調えた出汁《だし》の中に海老の団子を入れた。

火が通ると、白かった海老の団子がほんのり赤く色づく。

「あ——やったあ！」

おせいと手を取り合って喜び、茹《ゆ》でた小松菜の葉を添えて椀《わん》によそった。

切り落としてしっかり洗った小松菜の根元も入れ、椀の中に緑色の花を咲かせる。

「りつちゃん、今度はどう？」

椀の中を覗《のぞ》き込んだりつが目を輝かせる。

「おっかさんが作ったいちご汁と同じ！　緑の葉っぱのへたと、お花も！」

りつは歓声を上げながら、いちご汁を食べた。

「これ！　海老の味のいちごだったの！」

いちご汁を頬張るりつに目を細め、はなは脱力した。おせいも気の抜けたような顔をしている。

「まさか、いちごの汁が、海老のつみれの澄まし汁だったなんてねえ」

「本当ですね。いちごと聞いて、うにや海老が出てくるとは思いませんでしたよ。同じ名で呼ばれる汁でも、中身が違うだなんて」

ふと、はなの頭に良太の姿が思い浮かんだ。

尻端折《しりはしょ》りに股引《ももひき》の旅姿で現れ、村では野良着で過ごしていた良太。

もしかしたら良太には、はなが思いもしなかった、また別の姿があったのだろうか。突然いなくなった理由が、良太の別の顔に隠されているのだとしたら――。

はなが知らない良太の顔は、心に思い描けない。はなが見て、感じて、信じた良太の笑顔を胸に抱き続けることしかできない。

「おとっつぁんとおっかさんは、いつ見つかるの？」

いちご汁を食べ終えたりつが不満げな声を上げた。いちご汁を食べただけでは、やはり満たされないのだ。

いくら考え込んでも、じっとしているだけでは何もわからない。とにかく動いてみるしかない時もあると、はなは立ち上がった。

「あたし、自身番に行って、何か手がかりがあったか聞いてきます。りつちゃんのご両親はやっぱり八戸の人じゃないみたいだって話も報《しら》せておきたいし」

はなが須田町の自身番へ行くと、町役人たちはあからさまに嫌がった。

「今さらそんなこと言われてもねえ。迷子の親は八戸から来た人たちかもしれないって、もう米沢町へも伝えてしまったよ。東北訛《なま》りのある夫婦を捜せばいいって」

「もう一度、伝え直していただけませんか」

町役人たちはうんざりした顔で舌打ちをする。

「いいけどねえ。こっちもあっちも、歳末でいろいろ忙しいんだよ」

「おとといの広小路は大変な混みようで、他にも迷子があったと聞いたよ。捨て子騒動もあって、向こうの自身番はてんやわんやさ。泣く子を黙らせるのに必死なあちらさんにうっかり顔を出したら、こっちが泣かされちまうよ」

「でろんでろんになった酔っ払いも担ぎ込まれてきたそうだしねえ」

つまり、まったく当てにならないのか。

はなが喜楽屋に戻ると、りつはまた泣いていた。おせいが膝《ひざ》に抱いて背中をさすっても、一向に静まる気配がない。親とはぐれてから、今日で三日目。張り詰めた心の糸はもう切れる寸前に違いない。

「おっかさあん！　おとっつぁん！　うわあぁん」

りつの痛ましい泣き声に、はなの胸がしめつけられる。普段は押し殺している泣きたい気持ちが、りつにつられて溢《あふ》れ出しそうになった。

良太さんに会いたい――。

りつが親を求めるように、はなも良太を求めて泣き叫びたくなった。

どんなに顔で笑っていても、心のどこかがいつも泣きたがっている。寂しい、悲しい、つらいと、弱音を吐きたがっている。

はなの弱さをすべて包み込んで守ってくれた良太は、なぜ今ここにいないのか。

「あたし、両国広小路に行ってみます。それから、浅草寺にも」

りつが両親と歩いた道を辿《たど》れば何か見つかるかもしれないと、はなは一縷《いちる》の望みに賭《か》けてみたくなった。

「ひと通り回ったら、戻りますから」

「あっ、はなちゃん、待って――」

おせいの声を振り切って、はなは店を飛び出した。


神田川沿いの道を右へ進んで、はなは両国広小路を目指した。

途中の柳原土手も行き交う人々が多かったが、りつの両親と思われるような二人連れは見当たらなかった。

両国広小路に入っても、それらしい夫婦は見つからない。人混みの中を当てもなく歩きながら、はなは辺りに目を凝らした。

「すみません、雀茶色の着物に、紺色の帯を着けた女の人を、どこかで見かけませんでしたか」

道行く人々を呼び止め尋ねても、首を横に振られるばかり。

りつに袖《そで》をつかまれた場所でしばらく立ち止まってみたが、何も見つからない。
人波に飲まれぬよう気を張りながら、ただ立ちつくすだけだ。
本当に、りつの両親は見つかるのだろうか――はなの胸に弱気の虫が湧いてきた。
雀茶色の着物をまとった女を捜していたはずなのに、いつのまにか目につくのは、
良太に背恰好《せかっこう》が似た男ばかりになっている。
「今は、良太さんじゃない。りっちゃんのおっかさんを捜すんだよ」
小声で自分を叱咤《しった》するが、心細さの中で、良太を求める心が止まらない。
はなは大きく身をよじって、周囲に目をさまよわせる。
りつの親と、良太と、誰を捜しているのかわからなくなった。
あたしはけっきょく、このまま誰も見つけられないんだろうか――。
はなは泣きたくなった。
雑踏の中で立ち止まっていると、無力な自分が宙に浮いて感じる。足が重いのに、
ちゃんと地に足が着いていないみたいだ。
あたし、いったい何やってるんだろう――。
店の支度も、りつの世話も、おせいに丸投げして飛び出してきたのに。はなは何
ひとつ得られぬまま、ぼんやり突っ立っているだけだ。

情けない――はなは唇を噛《か》みしめた。

「おい、あんた邪魔だよ」

前から来た男にぶつかられ、はなはよろけて尻《しり》もちをつく。

「何だよ、危ねえなあ」

通り過ぎる人々はみな、はなをよけていく。誰も助けてくれない。早く立ち上がらねばと頭で思うが、はなの体は動いてくれない。

目に涙がにじんできた。はなは歯を食い縛る。こんなところで這《は》いつくばって、めそめそ泣きたくない。はなはぎっと目を見開いて、顔を上げた。

と、その時。

「はな」

良太の声が聞こえた。

はなは地面に手を突いたまま、辺りに目を走らせる。人混みの中に良太の姿を捜すが、どこにもいない。

空耳ではなかった。確かに、はなを呼ぶ良太の声が聞こえたはずなのに。

「良太さん、どこ……どこにいるの……？」

はなの目から涙がひと粒こぼれ落ちる。遠巻きにはなを見下ろしている人々の姿がぼやけた。

まばたきをくり返し、どんどん溢れそうになる涙をどこかへ飛ばそうと努めるはなの目が、ふと一人の男に吸い寄せられた。

ぶるりと体の芯《しん》が震える。

周りの景色がすべて色をなくして止まった。行き交う人々も目に入らなくなる。はなの目に色鮮やかに映るのは、ただ一人。

黒い着物に、黒い半袴《はんばかま》をまとい、腰に二刀を差している武士だ。

縁もゆかりもないはずの男が、切なく顔をゆがめてはなを見つめている。

呆然《ぼうぜん》と見つめ返すはなと男の目線が強く絡み合った。はなは目をそらせない。

まっすぐにはなを見つめる、切れ長の、あの目は。

「良太さん」

はなはふらりと立ち上がる。

身なりは違えど、そこにいるのは間違いなく良太だ。この世でたった一人の、はなの夫だ。

はなは震える手を伸ばした。ぎくしゃくする足を動かし、良太に歩み寄る。

会ったら言ってやろうと思っていた文句も、何もかもが頭から吹き飛んでいた。

ただ良太に触れて、しがみつき、その声を聞きたかった。

しかし良太は目線をほどく。身をひるがえし、人波の向こうに去っていった。

「待って。良太さん、待って！」

はなは人波に飛び込んだ。

絶対に追いついてやる。捕まえて、戻ってきてと訴えるのだ。

人波の向こうに見える良太の後ろ姿を、はなは懸命に追う。走って、走って、息が止まりそうになっても走り続ける。

行き交う人の波に押し負けてなるものかと、はなは必死で前へ進んだ。つかめそうでつかめない良太の背中は、すぐそこにある。あきらめたら一生後悔するだろう。

「良太さん！」

はなはもう一度叫んだ。だが良太は振り向かない。はなの声などまるで耳に入っていないかのように、足早に進んでいく。

やがて良太は一軒の船宿へと入っていった。

はなは大きく肩で息をつきながら立ち止まる。両国広小路から江戸橋の近くまで、全力で走ってきていた。膝《ひざ》が震え、その場にへたり込みそうになるのを何とかぐっとこらえると、はなは船宿の入口に向かった。

「いらっしゃいまし。ご用をお伺いいたします」

女中が声をかけてくるのを無視して、はなは土間の奥に進んだ。

だが、良太はどこにもいない。土間から見える座敷にも、階段の上にも、良太の姿は見当たらない。

怪訝《けげん》な顔で首をかしげている女中に、はなは詰め寄った。

「今ここに入ってきた人、どこに行きました⁉」

「知りませんよ。誰も来ていません」

「嘘！　黒い着物で刀を差した――良太さんが入って来たはずです！」

二階でがたんと物音がして、はなは階段を見上げた。何やら深刻な顔をしたわけありげな男女が下りてくる。

「そんなこと言ったって、おめえ、無理して倒れたらどうするんだよ。具合が悪いんなら、しばらくここで寝てな」

「嫌ですよ。あの子が見つからないってのに、のん気に寝てなんかいられますか」

「あっ――」

はなは思わず女を指差した。雀茶色の着物に、紺色の帯を身に着けている。

「何でい、あんた、うちの女房に何か用かい」

「いえ、あの、その着物と帯が」

「女房の着物と帯が何だってんだ」

よく見ると、帯は黒地だ。濃い青の魚が無数に泳ぐ柄になっている。

女が身にまとっている物は、少し着古した感はあるが、はなの物よりずっと上等だった。似ているのは色合いだけ。

はなは女の顔をじっと見た。どことなく、目元がりつに似ている――。

「何ですか。あたしの顔に何か文句がありますか。娘がいなくなって、こっちは気が立ってるんですよ。何か言いがかりをつけようってんなら――」

「りつちゃんのおっかさんですか⁉」

はながさえぎると、女はぽかんと口を開けた。

「おとっつぁんは漁師の六左衛門で、おっかさんの名はまつ。羽子板を買いに漁村から江戸へ来て迷子になった、いちご汁が好きな、りつって女の子に心当たりはありませんか？」

「心当たりも何も――それは、あたしの娘です！　どこにいるんですかっ」

まつが泣きながら、はなにしがみついてくる。

「りつちゃんは、うちで預かってますよ。神田須田町の喜楽屋って飯屋です。ここから四半時もかかりませんよ」

六左衛門は腰をかがめて膝に手をつき、大きく息を吐いた。

「ああ、りつが無事だった……」

りつの両親を連れて、はなは神田へ戻った。見失った良太に後ろ髪を引かれながらも、興奮冷めやらぬ六左衛門とまつを喜楽屋へ案内する。


店に着くと、客たちが小上がりで夕飯を楽しんでいた。

「りつは——りつはどこですか⁉」

まつの叫び声に、店は一瞬しぃんと静まり返る。

「おっかさん……?」

りつが二階から姿を現した。店の戸口に立つ母親を見つけると、目を見開いて階段を駆け下りてくる。

「おっかさん！　おとっつぁん！」

りつは母親の胸に飛び込んだ。まつがしっかと抱き留める。六左衛門はりつの後ろ頭に頬をすり寄せ、娘と妻を二人まとめて抱きしめていた。

うれし涙の再会にひとしきり浸ると、六左衛門が深々と頭を下げた。

「浅草と両国を捜し回り、江戸橋近くの自身番へは顔を出したんですがねえ。神田で世話になっているとは、夢にも思いませんでした」

「あたし、りつちゃんから『お宿』って聞いた時、てっきり旅籠《はたご》に泊まっているんだと思ってしまって」

はなの言葉に、おせいがうなずく。

「わたしも、江戸橋のほうはまったく思い浮かびませんでした。手がかりが見つかるとすれば、りつちゃんと会った両国のほうかと」

「おれは下総《しもうさ》の堀江《ほりえ》村で漁師をやっているんですが、漁師仲間の伝手《つて》で、江戸橋の船宿に安く泊めてもらったんですよ。りつに羽子板を買ってやりたくてねえ。羽子板は厄払いの縁起物で、子供が女なら、お守りに買うといいって聞いたもんで」

まつが拳《こぶし》を固めて肩を震わせた。

「あたしがいけないんですよ。近所の女がちょっといいところに嫁いで、生まれた赤子に江戸で立派な羽子板を買ってやったと自慢され、妬《ねた》んだりしたから。うちのりつにも買ってやりたいと、せがんだりしたから——」

うつむいて泣き濡《ぬ》れるまつに、はなは笑いかけた。

「お花の簪《かんざし》をつけた、綺麗《きれい》なお姫さまの羽子板を買ったんですよね？　りつちゃん、喜んだんじゃないですか？」

まつは潤んだ目をりつに向けた。りつが大きくうなずく。

「お姫さまの羽子板、すごく嬉《うれ》しかったよ」

「りつ……」

親子三人はもう片時も離れるものかと手を繋《つな》ぎ合い、喜楽屋で貸した提灯《ちょうちん》の明りを頼りに船宿へ戻っていった。

りつを真ん中にしたみっつの人影が喜楽屋から遠ざかっていくのを、はなとおせいは暖簾《のれん》の下で見送る。

迷子騒動の幕引きに居合わせた客たちは、小上がりで機嫌よく祝杯を重ねた。

やがて客の出入りが激しくなり、はなとおせいは忙しく立ち働いた。

りつの話は、まるで飛脚の継送《つぎおく》りのように、客から客へと伝わっていく。喜楽屋の迷子を案じていた馴染《なじ》み客たちは、めでてぇめでてぇと祝杯の輪を広げていった。

暖簾を下ろした深夜になって、はなとおせいはやっとひと息ついた。

静まり返った店の中、小上がりに二人並んで腰かける。

「りつちゃん、本当にいなくなっちゃったのねえ。小さな店が、いつもより広く感じるわ」

「親が見つかってよかったですけど、いなくなると、ちょっと寂しいですね」

「ええ。肩の荷が下りたというか、何だか呆気《あっけ》ないというか――もし万が一このまま親が見つからなかったら、りつちゃんをうちで育てることになるのかしらなんて、ふと思ったりもしたのよねえ」

おせいはため息をひとつこぼした。

「でも、腹を決めようとしたとたん、あっという間にいなくなっちゃったわ」

もし自分に子供がいたら――はなの胸をよぎった夢想は、おせいの胸もちりちりと焦がしたのだろうか。

おせいは立ち上がり、調理場の隅から小さな竹皮の包みを持ってきた。

「はい、どうぞ」

包みを開くと、餡子《あんこ》たっぷりの串《くし》団子が出てきた。

「はなちゃんが出かけたあとも、りつちゃん、なかなか泣きやまなくてねえ。あやすために、りつちゃんを連れて近所の団子屋さんに行ったの」

しばし無言で団子をかじる。

もちっとした歯ごたえと餡子の甘みに、はなの心がじわりと癒《いや》される。疲れた足腰も少し楽になる気がした。

おせいが淹《い》れてくれた茶を飲み、はなは湯呑茶碗《ゆのみぢゃわん》から立ち昇る湯気をぼんやり眺めた。

昼間に見た良太の姿が、幻のように思えてくる。

あれは確かに良太だった。それなのに、なぜ、武士の身なりだったのか。鎌倉に来た時は、町人の旅姿だったのに。

わからないことは山ほどある。

良太は金を持っていないはずだったのに、高値の鎌倉海老《えび》をどうして手配できたのだろう。本当は武士で、金をたんまり持っていたから買えたのか。それなら、はなに嘘をついた理由は何だ。

どうして、どうしてと胸の内でくり返しても、すべての答えは闇の中だ。

「甘い物を食べて、今晩はゆっくり寝て、明日《あした》からまた頑張りましょう。もうすぐ町のあちこちで餅《もち》つきが始まって、うちにも頼んでおいた餅が届くわ。年越しには、蕎麦《そば》の用意もしなくちゃならないし。いろいろ忙しいわよ」

今年は江戸で年越しか——はなは団子をかじり、気合を入れて、茶を飲んだ。

過ぎゆく時は、喉《のど》を流れ落ちる茶のごとし。ぼやぼやしていたら、何もしないうち、あっという間に年を取ってしまう。

「よし、やりましょう。頑張って寝て、起きて、食べて、ちゃきちゃき働きますよ」

「はなちゃん、寝る時は頑張らなくていいのよ」

「あっ、そうですね」

おせいが笑う。はなも笑った。笑って眠れば、いい夢が見られるかもしれない。

その夜、はなは竹灯籠《とうろう》を枕元に置いて床に就いた。

夢の中でさえ都合よく会えない良太に、また再び会えるのだろうかという不安は消えない。だが信じる。

いつか必ず、寄り添い合って、竹灯籠の明りを眺めながら、味噌《みそ》けんちん汁を食べるのだ。竹灯籠の光の花は、きっとまた美しく咲くだろう。

翌朝、りつが無事に親元へ帰ったと報《しら》せるため、はなは小石川へ向かった。

養生所の台所にいた彦之助に告げてから、弥一郎の畑に走る。

勝手に御薬園内へ入ってはならぬと言われていたが、養生所にいつ顔を出すかわからない弥一郎を待っていては、店の支度に差し障る。

彦之助に言伝《ことづて》を頼んでもよかったが、やはり自分で伝えて礼を言いたかった。自身番では、町役人たちから、はなをかばってくれたのだ。

木々に囲まれた畑に着くと、弥一郎の姿はなかった。お役目で、別の場所にいるのだろうか。

今日は引き返すしかない――はなが踵《きびす》を返そうとした時、畑の脇に建つ納屋から話し声がした。

弥一郎が中にいるのかと、はなは納屋へ向かう。

「おまえは勝手だ。いつもそうではないか！」

怒気に満ちた弥一郎の声に、はなはどきりと足を止める。

「あやつの前に姿を現したことが、そもそもの間違いなのだ」

「身勝手は、じゅうぶん承知しているつもりだ」

「いや、わかっておらぬ」

はなは耳を疑った。固く閉じた戸の向こうから、良太の声がする。弥一郎と話しているのは、良太だ。

もう一歩納屋に近づくと、話し声はぴたりとやんだ。がらりと戸が開き、中から弥一郎が出てくる。

後ろ手で戸を閉めて、弥一郎はぎろりとはなを見下ろした。

「何用だ。御薬園に立ち入ってはならぬと申したであろう」

「すみません。りっちゃんの親が見つかったので、お報せしたくて」

「わざわざ来なくても、おれが喜楽屋に顔を出すのを待っておればよかったのだ」

「すみません。でも」

はなは納屋を見つめた。閉ざされた戸の向こうが気になって仕方ない。

弥一郎がはなの目線を追って振り向いた。

「何だ」

「納屋の中に、誰がいるんですか」

「誰もおらぬ。おれ一人だ」

「でも、話し声が」

「独り言だ。何かと腹の立つことが多いゆえ、一人の時ぐらい好き勝手に不満を吐き出さねば、やっていられぬ」

弥一郎は納屋の戸を大きく引き開けた。

「疑うのなら、見てみろ」

はなは納屋の中を覗《のぞ》き込んだ。誰もいない。鍬《くわ》や鎌《かま》など、畑仕事の道具が並んでいるだけだ。

いった。


「気は済んだか。こっちへ来い」

弥一郎は再び戸を閉めると、納屋の裏へとはなを連れていった。

「どうだ。誰もおらぬのが、よくわかったか」

確かに、納屋の中にも外にも人はいなかった。では、はなが聞いた良太の声は、ただの空耳だったのか。

「良太さんの声がしたと思ったんです」

弥一郎は呆《あき》れ果てた顔で首を横に振った。

「ありえぬ。おまえを捨てた男がここにいるはずはなかろう。会いたいと思うがあまり、気が触れたか」

「昨日も声を聞きました。ちゃんと姿も見たんです。でも、良太さんは武士の恰好《かっこう》をしていて」

「しっかりしろ。江戸の暮らしに疲れて、幻を生み出してしまったのであろう」

「そんなんじゃありません」

「では、よく似た男を見間違えたのだ。いちご汁と同じく、似て非なるもの。同じいちごに見立てられても、うにはうに、海老は海老なのだ。町人の良太が、武士であるはずがない」

はなは首を横に振った。

「村へ帰れ。良太のことなど忘れろ。それがおまえのためだ」

「嫌です。誰に何を言われても、あたし、絶対あきらめません」

たとえ灰の中に埋められても、水をぶっかけられても、良太を想う胸の火種を消しはしない。心の竈《かまど》に勢いよく火を燃やし、ぐつぐつと湯を沸き立たせる心地で、はなは毅然《きぜん》と顔を上げた。

「この江戸で、夫を捜し続けます」

良太への情念が溢《あふ》れ返り、この身を焼きつくしてもかまわない。一生に一度、これが最後の恋ならば、身も心も焦がしつくして悔いはない。

この恋が叶《かな》わぬならば、いっそ跡形もなく燃えつきて灰になり、風に飛ばされて消えればいいのだ。

はなは初めて直面する自分の中の激しい性《さが》に身を震わせた。拳《こぶし》を固めて、ごくりと喉を鳴らす。

「あたし、帰ります」

はなは弥一郎の前から走り去った。早く喜楽屋に帰って、店の支度に取りかかりたい。いつもの日々の中で、穏やかに笑っていたくなった。

「よいしょ！」

「はいっ」

「えいしょ！」

「はいっ」

神田の朝に、威勢のよいかけ声が響く。年末に餅《もち》つきの道具を持った男たちが町を回り、注文に応じて餅をつく賃餅屋《ちんもちや》である。米を蒸す釜《かま》を引きずりながら歩くので、引きずり餅屋とも呼ばれる。

「餅つきの声を聞くと、いよいよ年越しって感じよねえ」

おせいが店の戸を引き開け、通りを見やった。

開け放たれた戸の外から、また新たな餅つきの声が上がってくる。

大きな商家などでは店の者が正月の餅をつくが、あとは賃餅屋を呼んだり、菓子屋に頼む者も多いという。

「はなちゃん、餅つきを見たかったら、見てきてもいいわよ。うちは毎年、馴染《なじ》みの餅屋さんから届けてもらうから、喜楽屋の前では餅つきをしないの」

「いいえ。鎌倉の村でも、餅つきは見てますから。それより、店の支度をしないと」

おせいは調理場に戻り、蕪《かぶ》を手にした。

「今日はいい蕪が入ったから、蕪を使ったあちゃら漬けでも作りましょうか」

「はい」

はなは丁寧に蕪を洗い、皮をむいた。今はただ、ひとつひとつ目の前の仕事に精魂を込める。美味《おい》しい物を作ることだけ考えるのだ。

店の支度を終え、暖簾《のれん》を出すと、通りかかった鳶《とび》の男たちが足を止めた。

「何か美味《うま》いもんはあるかい」

「ありますよ。中へどうぞ」

はなはにっこり満面の笑みで客を招き入れた。

本書は、書き下ろしです。
編集協力／小説工房シェルパ（細井謙一）

はなの味《あじ》ごよみ

高田《たかだ》在子《ありこ》

平成30年 3月25日　初版発行
平成30年 8月10日　3版発行

発行者●郡司 聡

発行●株式会社KADOKAWA
〒102-8177　東京都千代田区富士見2-13-3
電話 0570-002-301（ナビダイヤル）

角川文庫 20839

印刷所●旭印刷株式会社　製本所●株式会社ビルディング・ブックセンター

表紙画●和田三造

ISBN978-4-04-106350-7　C0193

角川文庫発刊に際して

角川源義

第二次世界大戦の敗北は、軍事力の敗北であった以上に、私たちの若い文化力の敗退であった。私たちの文化が戦争に対して如何に無力であり、単なるあだ花に過ぎなかったかを、私たちは身を以て体験し痛感した。西洋近代文化の摂取にとって、明治以後八十年の歳月は決して短かすぎたとは言えない。にもかかわらず、近代文化の伝統を確立し、自由な批判と柔軟な良識に富む文化層として自らを形成することに私たちは失敗して来た。そしてこれは、各層への文化の普及滲透を任務とする出版人の責任でもあった。

一九四五年以来、私たちは再び振出しに戻り、第一歩から踏み出すことを余儀なくされた。これは大きな不幸ではあるが、反面、これまでの混沌・未熟・歪曲の中にあった我が国の文化に秩序と確たる基礎を齎らすためには絶好の機会でもある。角川書店は、このような祖国の文化的危機にあたり、微力をも顧みず再建の礎石たるべき抱負と決意とをもって出発したが、ここに創立以来の念願を果すべく角川文庫を発刊する。これまで刊行されたあらゆる全集叢書文庫類の長所と短所とを検討し、古今東西の不朽の典籍を、良心的編集のもとに、廉価に、そして書架にふさわしい美本として、多くのひとびとに提供しようとする。しかし私たちは徒らに百科全書的な知識のジレッタントを作ることを目的とせず、あくまで祖国の文化に秩序と再建への道を示し、この文庫を角川書店の栄ある事業として、今後永久に継続発展せしめ、学芸と教養との殿堂として大成せんことを期したい。多くの読書子の愛情ある忠言と支持とによって、この希望と抱負とを完遂せしめられんことを願う。

一九四九年五月三日

角川文庫ベストセラー

人斬り半次郎（幕末編）　池波正太郎

姓は中村、鹿児島城下の藩士に〈唐芋〉とさげすまれる貧乏郷士の出ながら剣は示現流の名手、精気溢れる美丈夫で、性剛直。西郷隆盛に見込まれ、国事に奔走するが……。

人斬り半次郎（賊将編）　池波正太郎

中村半次郎、改名して桐野利秋。日本初代の陸軍大将として得意の日々を送るが、征韓論をめぐって新政府は二つに分かれ、西郷は鹿児島に下った。その後を追う桐野。刻々と迫る西南戦争の危機……。

にっぽん怪盗伝　新装版　池波正太郎

火付盗賊改方の頭に就任した長谷川平蔵は、迷うことなく捕らえた強盗団に断罪を下した！　その深い理由とは？　「鬼平」外伝ともいうべきロングセラー捕物帳全12編が、文字が大きく読みやすい新装改版で登場。

近藤勇白書　池波正太郎

池田屋事件をはじめ、油小路の死闘、鳥羽伏見の戦いなど、「誠」の旗の下に結集した幕末新選組の活躍の跡を克明にたどりながら、局長近藤勇の熱血と豊かな人間味を描く痛快小説。

戦国幻想曲　池波正太郎

〝汝は天下にきこえた大名に仕えよ〟との父の遺言を胸に、渡辺勘兵衛は槍術の腕を磨いた。戦国の世に「槍の勘兵衛」として知られながら、変転の生涯を送った一武将の夢と挫折を描く。

角川文庫ベストセラー

英雄にっぽん　池波正太郎

戦国の怪男児山中鹿之介。十六歳の折、出雲の主家尼子氏と伯耆の行松氏との合戦に加わり、敵の猛将を討ちとって勇名は諸国に轟いた。悲運の武将の波乱の生涯と人間像を描く戦国ドラマ。

夜の戦士(上)(下)　池波正太郎

塚原卜伝の指南を受けた青年忍者丸子笹之助は、武田信玄に仕官した。信玄暗殺の密命を受けていた。だが信玄の器量と人格に心服した笹之助は、信玄のために身命を賭そうと心に誓う。

仇討ち　池波正太郎

夏目半介は四十八歳になっていた。父の仇笠原孫七郎を追って三十年。今は娼家のお君に溺れる日々……仇討ちの非人間性とそれに翻弄される人間の運命を鮮やかに浮き彫りにする。

江戸の暗黒街　池波正太郎

小平次は恐ろしい力で首をしめあげ、すばやく短刀で心の臓を一突きに刺し通した。男は江戸の暗黒街でならす闇の殺し屋だったが……江戸の闇に生きる男女の哀しい運命のあやを描いた傑作集。

西郷隆盛　池波正太郎

近代日本の夜明けを告げる激動の時代、明治維新に偉大な役割を果たした西郷隆盛。その半世紀の足取りを克明に追った伝記小説であるとともに、西郷を通して描かれた幕末維新史としても読みごたえ十分の力作。

角川文庫ベストセラー

炎の武士　池波正太郎

戦国の世、各地に群雄が割拠し天下をとろうと争っていた。三河の国長篠城は武田勝頼の軍勢一万七千に包囲され、ありの這い出るすきもなかった……悲劇の武士の劇的な生きざまを描く。

卜伝最後の旅　池波正太郎

諸国の剣客との数々の真剣試合に勝利をおさめた剣豪塚原卜伝。武田信玄の招きを受けて甲斐の国を訪れたのは七十一歳の老境に達した春だった。多種多彩な人間を取りあげた時代小説。

戦国と幕末　池波正太郎

戦国時代の最後を飾る数々の英雄、忠臣蔵で末代まで名を残した赤穂義士、男伊達を誇る幡随院長兵衛、そして幕末のアンチ・ヒーロー土方歳三、永倉新八など、ユニークな史観で転換期の男たちの生き方を描く。

賊将　池波正太郎

西南戦争に散った快男児〈人斬り半次郎〉こと桐野利秋を描く表題作ほか、応仁の乱に何ら力を発揮できない足利義政の苦悩を描く「応仁の乱」など、直木賞受賞直前の力作を収録した珠玉短編集。

闇の狩人 (上)(下)　池波正太郎

盗賊の小頭・弥平次は、記憶喪失の浪人・谷川弥太郎を刺客から救う。時は過ぎ、江戸で弥太郎と再会した弥平次は、彼の身を案じ、失った過去を探ろうとする。しかし、二人にはさらなる刺客の魔の手が……。

角川文庫ベストセラー

忍者丹波大介　池波正太郎

関ヶ原の合戦で徳川方が勝利をおさめると、激変する時代の波のなかで、信義をモットーにしていた甲賀忍者のありかたも変質していく。丹波大介は甲賀を捨て一匹狼となり、黒い刃と闘うが……。

侠客（上）（下）　池波正太郎

江戸の人望を一身に集める長兵衛は、「町奴」として、つねに「旗本奴」との熾烈な争いの矢面に立っていた。そして、親友の旗本・水野十郎左衛門とも互いは心で通じながらも、対決を迫られることに――。

髪ゆい猫字屋繁盛記　忘れ扇　今井絵美子

日本橋北内神田の照降町の髪結床猫字屋。そこには仕舞た屋の住人や裏店に住む町人たちが日々集う。江戸の長屋に息づく情を、事件やサスペンスも交え情感豊かにうたいあげる書き下ろし時代文庫新シリーズ！

髪ゆい猫字屋繁盛記　寒紅梅　今井絵美子

恋する女に唆されて親分を手にかけ島送りになった黒岩のサブが、江戸に舞い戻ってきた――!?　喜びも哀しみもその身に引き受けて暮らす市井の人々のありようを描く大好評人情時代小説シリーズ、第二弾！

髪ゆい猫字屋繁盛記　十六年待って　今井絵美子

余命幾ばくもないおしんの心残りは、非業の死をとげた妹のひとり娘のこと。おたみはそんなおしんに心を寄せて、なけなしの形見を届ける役を買って出る。人と真摯に向き合う姿に胸熱くなる江戸人情時代小説！

角川文庫ベストセラー

雷桜
宇江佐真理

乳飲み子の頃に何者かにさらわれた庄屋の愛娘・遊（ゆう）。15年の時を経て、遊は、狼女となって帰還した。そして身分違いの恋に落ちるが——。数奇な運命を辿った女性の凛とした生涯を描く、長編時代ロマン。

夕映え (上)(下)
宇江佐真理

江戸の本所で「福助」という縄暖簾の見世を営む女将のおあきと弘蔵夫婦。心配の種は、武士に憧れ、職の落ち着かない息子、良助のことだった…。幕末の世、市井に生きる者の人情と人生を描いた長編時代小説！

口入れ屋おふく 昨日みた夢
宇江佐真理

逐電した夫への未練を断ち切れず、実家の口入れ屋「きまり屋」に出戻ったおふく。働き者で気立てのよいおふくは、駆り出される奉公先で目にする人生模様から、一筋縄ではいかない人の世を学んでいく——。

表御番医師診療禄1 切開
上田秀人

表御番医師として江戸城下で診療を務める矢切良衛。ある日、大老堀田筑前守正俊が若年寄に殺傷される事件が起こり、不審を抱いた良衛は、大目付の松平対馬守と共に解決に乗り出すが……。

表御番医師診療禄2 縫合
上田秀人

表御番医師の矢切良衛は、大老堀田筑前守正俊が斬殺された事件に不審を抱き、真相解明に乗り出すも何者かに襲われてしまう。やがて事件の裏に隠された陰謀が明らかになり……。時代小説シリーズ第二弾！

角川文庫ベストセラー

解毒
表御番医師診療録3
上田秀人

悪血
表御番医師診療録4
上田秀人

摘出
表御番医師診療録5
上田秀人

往診
表御番医師診療録6
上田秀人

研鑽
表御番医師診療録7
上田秀人

五代将軍綱吉の膳に毒を盛られるも、未遂に終わる。表御番医師の矢切良衛は事件解決に乗り出すが、それを阻むべく良衛は何者かに襲われてしまう……。書き下ろし時代小説シリーズ、第三弾！

御広敷に務める伊賀者が大奥で何者かに襲われた。表御番医師の矢切良衛は将軍綱吉から命じられ江戸城中から御広敷に異動し、真相解明のため大奥に乗り込んでいく……書き下ろし時代小説シリーズ、第4弾！

将軍綱吉の命により、表御番医師から御広敷番医師に職務を移した矢切良衛は、御広敷伊賀者を襲った者を探るため、大奥での診療を装い、将軍の側室である伝の方へ接触するが……書き下ろし時代小説第5弾。

大奥での騒動を収束させた矢切良衛は、御広敷番医師から、寄合医師へと出世した。将軍綱吉から褒美として医術遊学を許された良衛は、一路長崎へと向かう。だが、良衛に次々と刺客が襲いかかる——。

医術遊学の目的地、長崎へたどり着いた寄合医師の矢切良衛。最新の医術に胸を膨らませる良衛だったが、出島で待ち受けていたものとは？　良衛をつけ狙う怪しい人影。そして江戸からも新たな刺客が……。

角川文庫ベストセラー

乱用　表御番医師診療禄8　上田秀人

長崎へ最新医術の修得にやってきた寄合医師の矢切良衛の許に、遊女屋の女将が駆け込んできた。浪人たちが良衛の命を狙っているという。一方、お伝の方は、近年の不妊の疑念を将軍綱吉に告げるが……。

秘薬　表御番医師診療禄9　上田秀人

長崎での医術遊学から戻った寄合医師の矢切良衛は、江戸での診療を再開した。だが、南蛮の最新産科術を期待されている良衛は、将軍から大奥の担当医を命じられるのだった。南蛮の秘術を巡り良衛に危機が迫る。

武士の職分　江戸役人物語　上田秀人

表御番医師、奥右筆、目付、小納戸など大人気シリーズの役人たちが躍動する渾身の文庫書き下ろし。「出世の重み、宮仕えの辛さ。役人たちの日々を題材とした、新しい小説に挑みました」——上田秀人

軍師　竹中半兵衛（上）（下）　新装版　笹沢左保

美濃の斎藤家から織田家への使者に抜擢された竹中半兵衛は、信長のもとで運命の人・お市と出会う。やがて織田家に迎えられ、藤吉郎秀吉の軍師役として才を発揮するが。不世出の軍師の天才と孤独を描いた長編。

新選組血風録　新装版　司馬遼太郎

勤王佐幕の血なまぐさい抗争に明け暮れる維新前夜の京洛に、その治安維持を任務として組織された新選組。騒乱の世を、それぞれの夢と野心を抱いて白刃とともに生きた男たちを鮮烈に描く。司馬文学の代表作。

角川文庫ベストセラー

角川文庫ベストセラー

料理番に夏疾風《なつはやて》
新・包丁人侍事件帖
小早川　涼

将軍家斉お気に入りの台所人・鮎川惣介にまたひとつやっかい事が持ち込まれた。家斉から、異国の男に料理を教えるよう頼まれたのだ。文化が違う相手に悪戦苦闘する惣介。そんな折、事件が――。

料理番　忘れ草
新・包丁人侍事件帖②
小早川　涼

江戸は梅雨の土砂降り。江戸城台所人の鮎川惣介は、自宅へ戻り浸水の対応に追われていた。翌朝、住み込みで料理を教えている英吉利人・末沢主水が行方不明となり、惣介は心当たりを捜し始める。

飛んで火に入る料理番
新・包丁人侍事件帖③
小早川　涼

火事が続く江戸。江戸城台所人の鮎川惣介の元へ、以前世話になった町火消の勘太郎がやってきた。火事場の乱闘に紛れて幼馴染みを殺した犯人を捜してほしいというのだ。惣介が辿り着いた事件の真相とは――。

将軍の料理番
包丁人侍事件帖①
小早川　涼

江戸城の台所人、鮎川惣介は、優れた嗅覚の持ち主。家斉に料理の腕を気に入られ、御小座敷に召されることも。ある日、惣介は、幼なじみの添番・片桐隼人から、大奥で起こった不可解な盗難事件を聞くが――。

大奥と料理番
包丁人侍事件帖②
小早川　涼

江戸城の台所人、鮎川惣介は、鋭い嗅覚の持ち主。ある日、惣介は、御膳所で仕込み中の酪の中に、毒が盛られているのに気づく。酪は将軍家斉の好物。果たして毒は将軍を狙ったものなのか……シリーズ第2弾。